西方社会透视

符懋濂 著

上海三联书店

目 录

代序：杂文与漫画	1
伪西方社会透视	1
拍马屁的多种境界	4
指鹿为马的最新版本	7
孔夫子的谆谆教诲	10
话语权与游戏规则	13
树欲静而风不止	16
文盲与史盲	18
应该为谁树像立碑	20
又把冯京当马凉	23
嘲是情、骂是爱	25
鲁迅笔端的《九一八》	28

你做了初一,我才做十五	31
对诺贝尔奖的痴迷	34
一流与九流	36
盲性与惰性	38
关于"开卷考试"的往事	40
奇言妙语	43
半路出家	45
几句有趣的方言惯用语	48
中国史在世界史中的位置	50
二战史应从1937年开始	53
但愿下回再遇见你	55
从"陈桥驿兵变"到"杯酒释兵权"	57
炸鸡配可乐	60
克拉运河狂想曲	62
伊拉斯莫的《愚人颂》	65
"次等生"的回忆录	68
宰相肚里能撑船	72
指挥棒失灵了	74
拍蝇、打虎、猎狐	77
潘金莲竹竿的魅力	80
天下奇闻又一桩	82

诚然！诚然	83
再读鲁迅的《阿金》	85
阿Q的户籍问题	88
莱佛士们的历史贡献	90
人云亦云	93
手杖	95
中国南海造岛，缺乏战略逻辑吗	97
写给孙女晓彤	101
收费比赛	104
牛仔国的代言人	107
偷窥成癖	110
井蛙与夏虫	113
挑战与机遇：让独中继续走出国门	116
华文教学与华文教育不可混为一谈	119
老人的"微信"	121
中国在元朝就亡国了吗	123
在"亡国论"的背后	126
牧童又嚷"狼来了"	129
爱好和平的山姆大叔	131
网络信息泛滥成灾	133
称呼漫谈	135

鲁迅视香港为"畏途"	*138*
富不过三代	*141*
鲁迅与翻译	*144*
翻译的艺术	*147*
当校长？我不干	*152*
两句"无解"的华文成语	*155*
华文成语的本义与变义	*157*
有关民族国家的几个问题——兼答王运开先生提问	*160*
对"小"的忌讳	*164*
是"平衡中国"，还是"遏制中国"	*167*
亡羊就得补牢——创建"书香之家"的初步设想	*170*
成语教学经验谈	*173*
阿Q永垂不朽	*176*
书名与笔名	*180*
雍正、乾隆都杀不得	*183*
"白马非马"之妙论	*187*
在"中立"表象的背后	*190*
漫谈国家与政府	*192*
"欧洲中心论"与"中国中心论"	*194*
再谈"分久必合"	*196*
回应英国《金融时报》文章	*198*
外汇储备到底是什么	*200*

愚民三策	202
听时代歌曲，把历史脉搏	205
你唱过毕业歌吗	209
打油诗是开胃小菜	212
从一小时变成三小时	215
打谷场拾穗之一	217
物不得其平则鸣	220
"一只鸡、一只鸭"	223
打谷场拾穗之二	225
教师排名早该废除	228
文化造假	230
新马史书中所存在的"欧洲中心论"	232
时隐时现的可怕幽灵	234
扰人清梦的蛤蟆声	236
你对族谱知多少	238
哪是翻译问题	240
两只猴子的故事	242
夜郎心态的折射	244
国际形势对台海局势的冲击	246
追思、感恩、落泪	248
后记	250

代序：杂文与漫画

杂文是文章，漫画是绘画，在表面上，二者似乎毫无关系。但在本质上，杂文是"文章中的漫画"，而漫画又是"绘画中的杂文"，你想划清二者的文化界限，不很容易，而且也徒劳无益。

这样的认知或见解，非我个人所能专美，因为早在1934年，《漫画生活》创刊于上海，专门刊载漫画与杂文。该杂志迎来不少著名漫画家与文学家（包括鲁迅），作品广受读者欢迎，但不到一年就被查封了。

查封的原因只有一个：杂志以冷嘲热讽作为独特的艺术形式，揭露社会的阴暗面，使得专制当权者难于容忍。

尽管长期以来，杂文与漫画不受"正人君子"重视、喜爱，认为二者都属于旁门左道，不登大雅之堂。他们认为作家们只作杂文，产生不出伟大的文学作品，而提倡漫画却会妨碍绘画艺术的提升、发展。

杂文与漫画都不能登大雅之堂，即便是客观事实，但其社会功能与文化价值不容低估。例如瞿秋白曾对鲁迅的杂文,给予很高的评价:"鲁迅在最近十五年来,断断续续的写过了许多论文和杂感,尤其是杂感来得多。于是有人给他起了一个绰号,叫做'杂感专家','专'在'杂'里者,显然含有鄙视的意思。可是正因为一些蚊子苍蝇,讨厌他的杂感,这种文体就证明了自己的战斗意义。鲁迅的杂感,其实是一种'社会论文'战斗的'阜利通'(feuilleton)"(《鲁迅杂感选集》序)

在近代中国,漫画虽然没有出现像鲁迅在杂文上这样伟大的作者,但多数漫画家都富有正义感,朝着针砭社会弊端的方向,努力创作。例如张乐平就是一位造诣很高的漫画家,一生创作了大量漫画。其代表作《三毛流浪记》一面无情地鞭挞了旧社会的冷酷无情、残忍欺诈,一面颂扬了在极度凄苦环境中,流浪儿童依然意志坚强、乐观、机警的"三毛精神",至今仍能引起广大读者的共鸣。

杂文与漫画的题材多样,内容包罗万象,作法不拘一格;但是,作为艺术手法的讽刺,始终是漫画与杂文的灵魂或精髓,几乎所有的精品都出自于此!讽刺的魅力来自其对象的现实性——未必是曾经有过的事实,但必须含有一定程度的实情,它绝不是无中生有的捏造。同时,人类社会有矛盾,有缺陷,有血泪,就必然有讽刺,所以讽刺是一种自然的社会存在(按《诗经》里的"风",不少属于讽刺性作品)。

作为讽刺的艺术,无论是杂文或漫画,最须要把握的是:冷静地、敏锐地洞察现实的一切矛盾冲突,捕捉矛盾中的典型人物或典型事件,用文字或线条巧妙地呈现出来,并且给读者留下一些想象、思考空间——即所谓的"留白"。

夸张和变形是杂文、漫画的两件法宝——两种最常用的讽刺手法。要达到夸张的效果,就得把某一人物或事件的主要特征,用最简炼的语言或线条,加倍放大地勾勒出来。经过夸张的作品,不一定是现实世界中的真实,但一定要合乎现实主义艺术的真实,否则就失去了其社会意义与文化价值。

变形是把某一人物或事件,转变为与本来精神相似的另一种形象,比如把人类"物格化",或把兽类"人格化"——即所谓"拟人法"。记得有一幅漫画,把一群政客,画成各式各样的狗儿:有大的小的,有肥的瘦的,为了抢夺几块肉骨头,而狂吠着、嘶咬着、追逐着,非常滑稽可笑。至于鲁迅笔下的哈叭狗、落水狗、丧家狗,以及吸人血的蚊虫、嗡嗡闹的苍蝇,都是动物化了的社会上某些人物。

夸张与变形往往带来幽默。因此,幽默也成为了杂文与漫画的共同特征,它增添了作品的感性色彩,强化了作品的感染力或亲和力。我们需要一针见血的讽刺,但绝不排除含蓄、隐喻与反语。换言之,针对高度敏感性的事物,采用象征主义或反讽的委婉表现手法,使之呈现含蓄之美,其艺术效果或许更佳一些。

杂文与漫画的"形异质同",使得我们既可以按照一幅漫画写一则杂文,也可以按照一则杂文来作一幅漫画,落实"文中有画、画中有文"！我曾尝试以王锦松先生的漫画为题材，写过《老顽童的算术》《矮鼻子碰上高鼻子》《反其道而行的矮鼻子》，引起不少读者的阅读兴趣与正面回应，或许可以作为例证。

伪西方社会透视

什么是伪西方社会(Hypothetical Western Society)？

让我从关键词"伪"说起："伪"字从"人"从"为"，其本义是"人为的"，如荀子所说"人性恶，其善者伪也"。人为属于非自然、非天生，所以其引申义为"虚假的"、"虚幻的"、"假设的"。所谓"伪西方社会"，尽管带着某些西方社会的特征，但在空间上、人种上、文化上都不属于西方。其支配势力为了维护其既得利益，极力倾向于西方，刻意把整个社会西方化，构建了西方社会模式的假象。

从历史上看，伪西方社会的前身是殖民地社会。殖民主义者尽管在殖民地，长期推行其社会体制、文化教育、价值观念，然而由于殖民地大多数人口不属于西方移民，他们也拥有或带来了自身的语言文化、生活方式；即使经过二三百年的殖民统治，完成了社会的殖民地化过程，还是无法全盘、彻底完成同化(西化)，而最终演变成"不东不西"(Neither East nor West)的社会形态。

这种社会形态具有几个明显特征：其一是宗主国的语文一旦居于统治地位，其他的本土民族语文一概被边缘化，沦为方言，其政治功能、文化价值随之丧失，完全没有了社会地位可言。

其二是东方文化既然被边缘化，缺乏水分营养，很难开繁花、结硕果，而以西方语文为媒介的文学艺术又无法落地生根，更谈不上花繁叶茂、硕果累累。

其三是在"东不成西不就"的情况下，社会文化的整体性质、水平，似乎变成了食品中的杂烩(Rojak)，变成了动物界的四不像，或者变成了容器桶里的半桶水。

其四是人们的文化欣赏能力有限，在高层次的雅文化面前，不论西方或东方的，绝大多数都成了侏儒；他们普遍倾向、热衷于东西方的低层次的俗文化，乃至俗文化中的渣滓。

其五是社会精英分化为"亲东方"与"亲西方"两个对立群体：后者推崇西方文化及其价值观念，致力于全盘西化；前者则维护本身的语言文化，并坚持走"东为体、西为用"的多元化道路。

其六是亲西方者自以为高人一等，鹤立鸡群，但事实上他们对西方文明的认知十分肤浅，所以往往不被西方有识之士所赏识或认可。所谓 Wog (Westernized oriental gentlemen)这一含带讥讽意味的俚语，就是用在了他们身上的。

其七是有些精英从小接受殖民地式教育，是非观念非常模糊、淡薄，对历史认知错误或不足，将前殖民主义统治者视为神灵，礼顶膜拜，因而已沦为国际笑柄，遭受有识者之非议，乃理所当然。

其八是有些精英缺乏民族意识，他们既不认同本民族，又排斥本族的语言文化，鄙视使用本族语文的广大群体，所以"二毛子"、"香蕉人"就成了他们的雅号尊称。

总而言之，从历史学、社会学的角度来看，伪西方社会是一种畸形的人类社会形态。

拍马屁的多种境界

"拍马屁"是最常用熟语之一,也是人际关系学(或国际关系学)的专用名词,它有"本义"和"引申义"双层意思。有人曾考证,此语出自蒙古族民俗。蒙古牧民牵马相遇时,如见到对方的骏马,不禁拍拍马屁股,并连声称赞"好马好马"。这便是"拍马屁"一词的由来及其本义。然而,古往今来,礼节性地拍拍马屁股,是一码事,而谄媚性地拍马主人屁股,拍出一个"名堂"来,那又是另一码事了。换言之,在这二者之间,存在着至少三四种高低不同的境界。

某年某日,你的邻居朋友买了一部新车,你走过去看头又看尾,在征得对方同意之后,你又坐进驾驶室观赏一番。"这车子真漂亮,外形和内部设计都很够水平。"你由衷地称赏他的新车。接着,免不了谈起车价、拥车证,以及称赞他的正确选择,使得对方听了很高兴。这种言行,和蒙古牧民原本的"拍马屁"大体一致,起着一种人际沟通交往的作用,完全不涉及彼此的利害关系。它属于最低层次或境界的拍马屁,对于拍者的人格无伤大雅,也无可称颂,甚至不值得一提。

换个场合,拍马屁出现不同的境界。假设你是某大公司的部门经理,尽管能力一般,业绩时好时坏,完全取决于全球经济气候。不过,你有你的长处或优点:对下属喜怒不形于色,但在上司面前,你总是满脸堆着笑容,有点像菲律宾的阿基诺,与生俱来拍马屁的禀赋。你知道公司老总快要退休了,各部门经理开始明争暗斗,鹿死谁手还得看拍马屁功夫。你读过厚黑学,晓得脸皮必须厚如象皮,不知"无耻"作何解,才能够施展才华。拍马屁属于"语言贿赂的艺术",既不违法犯罪也无需物质成本,仅是凭三寸不烂之舌,上嘴唇碰下嘴唇之功夫。或者在特殊场合,辅以肢体语言和一些小动作,大功即可告成。当然,拍马屁一定要讲究技巧,投其所好才能博得对方欢心,抱大腿更是必不可少。于是乎,你从《马屁精》《马屁大全》等专著中,获得多种应用技巧,轻易地击败竞争对手,登上了总经理的宝座!可见对你来说,要成为马屁精并不困难,是吧?

再换个场景,拍马屁还可以拍到更高境界。假设你是印度洋某岛国(如马尔代夫)的领导人,面对海水水位上升的隐忧,还有其他不可告人的难题。不久之前,你到过某超级强国进行国事访问,寻求援助。在双方会谈中,在欢迎宴会上,你对于所景仰、所崇拜的超强领袖,当然必须使尽浑身解数,歌其功、颂其德。因为他曾经获得诺贝尔和平奖,有人已称赞他为"史上最爱好和平的总统";又因为他热衷于为亚太人民谋福祉,有人已称赞他为"唯一的太平洋总统"。如果你再用这两个别人用过的赞词,非但缺乏新意,甚至被视为拾人牙慧,那肯定无法博得对方欢心啦。在凡事讲求创新、独特的今日,拍马屁自然更不例外!经过一番绞尽脑汁,你终于有所发现:"全球总统"、"全人类总统"这两个崇高赞词,至今还没人用过呢,而且很能迎合对方要继续当全世界老大的心态。因此,你在致答谢词中,很得意地选用了"最英明的全人类总统阁下",并且还把歌功颂德提升到最高境界!老实说,即便在人类历史上,你所缔造的新境界也属于登峰造极,乃至于空前绝后!(按:明代大臣对太监头子魏忠贤的称颂,也不过是"九千岁爷"或"九千九百岁爷",比皇帝万岁爷还少千岁百岁呢!)

对此,你当然得意忘形,但你毕竟个"史盲",不知以史为鉴。早在二千多年前,大政治家管仲就指出:"礼义廉耻,国之四维;四维不张,国乃灭亡!"中国历史印证了管子的真知灼见,历代王朝不论多么昌盛,一旦出现"四维不张",社会精英寡义无耻,拍马屁蔚然成风,正气节操荡然无存,最终衰败灭亡就在所难免了!

(2016年9月8日)

指鹿为马的最新版本

三年多前,我给大家讲过"指鹿为马"的历史故事,不知大家还记得吗?在杂文《指鹿为马》的结尾,我这样说:"鹿是鹿,马是马,但古往今来,为何总有人指鹿为马?为何总有人相信鹿也就是马?"

我言下之意,是指有些政客为了一己之私,强词夺理,指鹿为马,糊弄本国的善良黎民百姓。而那些御用文人、主流媒体,也扮演着帮腔者的角色。这种现象,或许随处可见,已成常态,不足为奇,也没有什么议论的价值。

然而,令我很吃惊也很纳闷的,是二千多年前赵高"指鹿为马"的历史故事,如今居然在众目睽睽的国际舞台上,在所谓"国际公法"的框架内,如此真实、如此生动地重演!

正常人都知道,鹿和马的外形特征截然不同,一眼就能分辨出来。至于岛(islands)和礁(rocks),非但特征截然不同,连小学生都能分辨得一清二楚,而且联合国海洋法公约有明文的界定(definitions),不是任何人可以胡说八道的,什么"海洋法专家"也不例外!

既然如此,那么为什么还有些人胆敢"指岛为礁",把偌大的太平岛界定为"岩礁"?是海牙仲裁庭的律师、法官都瞎了眼?是他们都忘了国际公法的界定?还是他们都要和赵高一样指鹿为马、展示权威?显然都不是!据报道,这群披着国际法外衣的"雇佣兵",都很合格、很资深,对于"南海岛礁争议仲裁案"的审理,似乎都能"愉快胜任"。然而,他们属于一丘之貉,而且"拿人钱财"(三千多万美元)嘛,就得"替人消灾",即按照雇主的旨意办事、下判,太平岛由岛变礁就"理所当然"了。

就事论事,我认为"南海仲裁案"是本世纪最荒唐的国际关系事件。尽管从立案到下判历时三年多,判书长达500多页,但其结果是"废纸一张"。众所周知,这是因为仲裁庭组成不合法,其运作程序不合法,其管辖越权不合法,其法官受雇于起诉人也不合法。至于它所作的十几项裁决中,基本上都属于或类似"指鹿为马",而太平岛由岛变礁,不就足以说明一切了?

如今已尘埃落地,如何看待这"废纸一张"?仲裁案的编剧、导演,一时显得兴奋异常,把废纸当成圣旨,把鸡毛当成令箭,大言不惭要"被告"接受、执行。他们家内的鹦鹉,当然得重复主人的话语,而家外的几条看门恶狗,也乱吠了几声,以示对主子的绝对忠诚。但另一方面,那位嬉皮笑脸的阿斗(原告)因受人摆布,搬起石头砸了自己的脚,结果欲哭无泪,不知如何是好,非常有趣,活该!

今后,无论事态如何演变,咱们都得认真思考:古代的"指鹿为马"为何在当代重演?为何仍然有人相信并要别人也相信"鹿就是马"?分不清岛与礁者是否能自诩为"海洋法专家"?他们和"鹿马不分"的爱搅局弄权政客——另类阿斗,是否同属一类货色?

(2016年国庆日)

孔夫子的谆谆教诲

不久之前,大概是在"空心菜"变成"种桶菜"后几天吧,贻笑大方的奇闻在宝岛发生了。宝岛网络视频显示:空心菜会见她的主子时,内心无比紧张,连话都说不出来,她突然冒出一句:"I have problem of(that thing?)saying ⋯⋯ Chinese language. I'm sorry!"然后低头念稿子。

空心菜说的那句不通怪英语,究竟要表达什么意思?我想可能有两层意思,其一为"我不是中国人(暗示),所以中文不好"(讨好主子);其二为"我的中文不好,只能念发言稿(明说)"!所以她还就低头念稿子一事,对主子说"sorry"呢,真有趣!

她为何如此紧张,以至手忙脚乱,不知所措?我苦思冥想了三天,终于找到了正确答案:她"言不顺"是由于"名不正"!早在二千五百年前,伟大的孔夫子便教诲其高徒子路,说:"名不正则言不顺,言不顺则事不成,事不成则礼乐不兴。"(见《论语》)令人遗憾的是，空心菜及其同伙似乎没有读过或读懂孔夫子的谆谆教诲。

众所周知，当今世界只有一个中国，大陆台湾同属一个中国，台湾人也就是中国人。即便是《中华民国宪法》，也是这样明文规定的。所谓的"九二共识"，与其说是国共两党的共识，毋宁说是全体中华民族的共识。空心菜及其同伙居然不敢确定自己的名分，不承认自己是中国人，其内心世界充满着卑劣、紊乱、恶毒、怪异，似乎无法避免、可想而知！你想一个不敢或不愿说"我是中国人"的"中华民国总统"，说话能够"言顺"吗？即使天生口齿伶俐，肯定也会经常舌头打结，支支吾吾，或者语无伦次，前言不对后语的啦！

依照孔夫子的教诲，不正名即不把自己当中国人，是很愚昧的，后果更不堪设想。最近七八年来，海峡两岸关系良好、稳定，经济文化交流顺畅、兴盛，就是建立在"九二共识"（一个中国）的基石之上的。如今，空心菜及其转基因同伙异想天开，不接受"一个中国"原则，还图谋借助外国反华势力，明里暗里搞"去中国化"、"文化台独"，你想大陆会听之任之吗？我敢说绝对不会！首先必然是"事不成"，两岸和平发展的好事无法持续、完成，台湾同胞的福祉受到损害、剥夺。更严重的是"事不成"带来的"礼乐不兴"，以至最终"先礼后兵"、"地动山摇"，敬酒不吃吃罚酒，恐怕都难以避免。届时台毒分子只有死路一条，而且死无葬身之地！

幸亏死心塌地跟随台毒分子的蠢人，毕竟还是少数，不然早就"地动山摇"了！许多台湾年轻人，脑子还是比较清醒的，比如几年前他们写了一首歌叫《中国话》。它唱道："孔夫子的话，越来越国际化。全世界都在讲中国话。我们说的话，让世界都认真听话。"

这首在台湾流行过的《中国话》，空心菜或许没听过，或许不认可赞同，但是，无论如何，请她时时牢记在心：要避免被"矮化"成侏儒，就得做堂堂正正的中国人，就得讲漂漂亮亮的中国话，就得洗耳恭听伟人孔夫子的谆谆教诲！

切记！这是台湾人唯一的出路，切记！

（2016年六一儿童节）

话语权与游戏规则

话语权与游戏规则是个既时髦又古老的课题。

早在二千多年前的春秋战国时代,无论五霸还是七雄,都是为了当老大(盟主或霸主)而召开"国际会议",史称"会盟"。会盟一旦成功,就等于霸主掌控了话语权,并且着手制定适用于当时、有利于自身的游戏规则。"尊王"与"攘夷"乃是盟主手中的尚方宝剑,也是当时的"国际公法",各诸侯国都必须遵守,不管它们是否愿意。所谓"尊王",就是各诸侯国必须按照宗法制度,定期朝觐周天子,并进贡"方物"(当地特产)。周天子到诸侯国巡视、狩猎时,诸侯必须盛情接待,也属游戏规则之一。而所谓"攘夷",就是在需要时,各诸侯国必须响应霸主的召唤,出兵共同对付外族的威胁。任何一国如果违反这项游戏规则,霸主往往联合其他诸侯一同讨伐,甚至把它消灭、占为己有。可见霸主一旦掌控了话语权,就能制定、利用游戏规则,达到"挟天子以令诸侯"的称霸目的！秦帝国建立后,话语权与游戏规则制定权从诸侯盟主转移到帝国朝廷,二千年来,不但王侯百官,就连"四夷"也得遵守各种游戏规则！

没有读过中国历史的二三流政客,当然不知道：在纵横捭阖的国际政治博弈中,中国人老谋深算,早就洞悉话语权与游戏规则的奥妙,并且一直善于把握运用！只不过到了十八世纪之后,欧美大国势力迅速兴盛、扩张,在经济、政治、军事、文化上都超越中国,于是,不可避免的,国际舆论的话语权,各种游戏规则的制定权,通通掌控在西方列强手中,贫困落后的中国及所有弱国小国,都得乖乖相信、接受列强所定的"规则"。甚至到了"西方不亮东方亮"的今天,不久之前,开口闭口"美国第一"的奥巴马,还多次高声叫嚷："世界上的游戏规则必须由我们来制定,决不能让中国人主导或染指！"(TPP不邀中国,就是"不让染指"的典型例证)

话语权和游戏规则始终是共生体,二者相互为用,其涉及领域日益广泛,从经济政治(含外交)到社会文化活动(含教育、语文、运动等等),无一不在其中。创立国际组织,召开国际会议,就是为了夺取、掌控话语权；有了话语权,就能制定有利于本身的游戏规则,并借以强化自身的主导地位——犹如春秋战国的盟主或霸主。如此相互为用,循环不已。例如,作为世界最大国际组织的联合国,其话语权一开始就掌控在美国手中,并且假借联合国之名推行霸权主义，朝鲜战争是个典型事例。如果遇到联合国拒绝它的要求，那就索性绕过联合国来"替天行道"，伊拉克不就是这样遭殃的？更加荒唐的还有：游戏规则的制定者竟然不接受《联合国海洋法公约》，而到处拿这项国际公法来说事，企图把原有的南海航行自由变成"横行"自由，把地球上的公海变成了自己的"领海"！对此，竟然有跑龙套的为其鸣锣开道、叫好助威，够有意思吧？

话语权必须通过多种渠道、方式来体现，除了国际组织、大众传媒，还包括一些貌似"中立"的评估机构以及御用的专家学者。影响力最大的当然是西方媒体，包括通讯社、报章、刊物、电台、电视、网络等等，都足以左右国际舆论，误导、愚弄各国民众乃至政府。西方媒体非常先进、强势，在撒谎方面似乎也很专业，但有的"西洋镜"最终还是被人拆穿。例如七八年前，拉萨发生打砸抢烧，西方媒体报道时，居然使用假照片来撒谎，引发中国网民（超过二亿人次）的愤怒和反击，迫使对方公开认错与道歉，其中最主要的是美国 CNN。

为了掌控话语权，为西方霸权主义服务，造假传假、歪曲事实仍然是西方媒体的专业之一！依稀记得，有一位西方学者说过：那些每天仅读报纸的人，比起什么都不读的人似乎更加愚昧。

（2016 年 6 月 24 日）

树欲静而风不止

习近平这次访美,是为了"增信释疑",为了改善乃至提升中美关系,即建立中方所谓的"新型大国关系"。那么,其战略意图或外交目的是否已经实现?依我之浅见,从外交层面看,在增信释疑、改善关系方面,访美成果丰硕,双方对管控军事冲突、网络安全,都达致一些共识,乃至制定了某些行为规范,避免在东海、南海擦枪走火。

然而,从历史角度看,这些"增信释疑"能维持多久?如何落实双方的共识、协议?我觉得还是个未知数。至于建立"新型大国关系",双方平起平坐,美国至今未做正面回应、表示赞同,况且奥巴马多次表明:美国已经当了世界老大一百年,还要继续当老大至少一百年(尽管这是不可能的)。换言之,国际秩序必须由美国来主导,各种游戏规则必须由美国来制定,这种霸权主义思维、谋略恐怕短时间无法改变,只要美元霸权与军事霸权仍然存在。

用英文成语来说,那就是 A leopard can't/doesn't change its spots。

我认为,当前与今后的中美关系仍然是"树欲静而风不止"。中国这棵参天大树,花繁叶茂,欣欣向荣,当然需要风调雨顺,希望避开超级狂风——不论是台风、飓风还是龙卷风;但是,事与愿违,"树大招风"岂可避免?因为那是一种自然现象或自然规律,谁也改变不了。美国的所谓"重返亚太"、"亚太再平衡"战略不可能改变,在军事战略上包围、遏制中国不可能改变,这就是我所谓的"风不止"。中国要和平崛起,几乎没有别的选择,唯有不断加强自身的硬实力(尤其是海军力量),唯有既与美国合作,又与美国博弈;在合作中博弈,在博弈中合作,维持"斗而不破"的正常关系。

辩证法告诉我们,有"矛盾"就必有"统一",是客观事物的发展规律或存在常态,大国关系的演变也是如此。

(2015年10月1日)

文盲与史盲

大家都晓得，"文盲"就是不识字，通常指不识字的人，所以似乎没有什么争议。但是，对于"史盲"的概念、界说，似乎很难找到共识。在我看来，"史盲"就是对历史的无知或缺乏正确的认知，也可以指这类的无知、乏识者。

文盲既然目不识丁，没有阅读能力，无法从书报中获取知识，当然不属于知识分子。这类人非常单纯，主要来自农村，从事体力劳动，他们处在社会的最底层。史盲受过多年教育，能读能写，甚至具备某种专业知识，属于一般意义的"知识分子"，他们处在社会结构中的中上层。

文盲没有文化，对本国本民族的历史缺乏知识，是理所当然，也无可厚非，因为这不是他们的选择，是国家社会落后的必然产物。史盲却是教育政策偏差所造成的，多少也包含个人选择的成分。由于当权者对历史的教育功能缺乏认识，或者不敢面对历史事实而选择回避，在教育系统中尽量淡化历史一科，鼓吹历史无用论，使得国民轻视本国本族历史，对历史一知半解乃至一无所知，自然很容易被人牵着鼻子走。

从政治上看，文盲与史盲多半属于顺民，都和高明的愚民政策有关。在古代农业社会，不论东方西方，文盲人数众多，无知则无欲、寡欲，让统治者比较可以高枕无忧。但在当代工商业社会，文盲无法促进经济发展，所以就以史盲取而代之，三百精英治国方得以落实！如果你说"忘却本民族的历史文化，就是对自己良知的背叛"，有多少人能理解与认同？

鉴于历史赋予一个民族以文化认同感和超强的凝聚力，对抗拒奴化有着特殊的功能，所以清代学者龚自珍说"灭人之国，必先去其史"，"绝人之才，必先去其史"，"夷人之祖宗，必先去其史"。在历史上，日本与西方殖民主义者所推行的奴化教育，就是以"先去其史"（培育殖民地遗孽）为主要目标！到了后殖民地时代，这一套破烂衣钵是否还值得保留下来？还要继续鼓吹什么"历史包袱论"？

（2015年9月17日）

应该为谁树像立碑

在狮城建国五十周年之际，我脑海中一直浮现的一个问题：我们到底应该为谁树像立碑？为大人物还是为小人物？

我的答案是为小人物。理由很简单：大人物在生前已享尽荣华富贵，获得名誉、地位、权力等等，回报已经很足够甚至超额，不需要再锦上添花、歌功颂德了。而小人物嘛人数最多，数以万计，才是历史的真正创造者。他们披荆斩棘，流血流汗，死而后已，为社会进步做出各种贡献，却得不到应有的回报与尊重，一直被踩在社会基础的最下层！他们属于被遗忘的社会大多数，的确需要追思、需要纪念。

那么，究竟应该为哪些小人物树像立碑？我个人认为以下三类小人物最有代表性：第一类是码头工人。大家都知道，新加坡区位优越，是东南亚转口贸易中心。百余年来，东南亚的香料、橡胶、锡米以及各种土产，都在狮岛集中转运到世界各地。在货柜运输诞生之前的百余年间,正是我们的码头工人,用双手把这些沉重的商品,从轮船(用驳船)搬运到新加坡河两岸的货仓,日后再从货仓用驳船搬运到轮船。超常的体力劳动,日复一日,年复一年,未曾间断。我国的历史离不开海港,更离不开码头工人,正是他们把小渔村变成转口贸易中心。我们诗人曾经歌颂新加坡河,说她是哺育我们的"母亲河",不就是颂赞码头工人的贡献?你觉得在新加坡河畔,是不是应该有一组码头工人雕像,加上四种说明文字的碑文,纪念这群默默无闻的奉献者?

  第二类小人物是红头巾建筑女工。这是很特殊的人群,她们祖籍广东三水,穿着黑衣、戴红头巾,个子不大,刻苦耐劳异乎常人。我国政府在上世纪六十年代提出"居者有其屋",开始了廉价住房的建造计划,成绩斐然,赢取了民心和选票。在初期,建屋技术落后,机械化水平很低,所以在建筑工地上,我们经常看到红头巾女工的特殊身影。她们能抬能扛又能挑,甚至把砖块、混凝土挑上高处,不管是二楼、三楼、四楼,还是九楼、十楼。这是男工都吃不消的苦差重活啊,竟然落在这群中(老)年妇女的肩膀上!常言道:饮水勿忘掘井人!红头巾可说是早期建筑工人的象征,在女皇镇、大巴窑为红头巾女工树像立碑,就是为着弘扬刻苦耐劳的可贵精神,乃至"劳动创造世界"的普世价值观念!不论你如何看待建筑工人,你不得不承认:如果没有他们的体力劳动,高楼大厦只能永远停留在建筑图纸上!

第三类历史小人物是反英抗日的无名英雄。早在1920年代，新马人民在世界大潮流的冲击下，开始了反对殖民主义统治的正义斗争，而且此伏彼起，几乎从未间断。1941年太平洋战争爆发，日寇席卷东南亚，英殖民主义者落荒而逃。在三年多的黑暗日子里，是谁起来反抗日寇的残暴统治？不就是那一群血气方刚的无名英雄？他们一不怕苦、二不怕死，奉献了宝贵的青春和生命，在唤醒各民族的政治觉悟，起着不可替代的历史作用！二战结束后，新马民族解放运动风起云涌，迫使殖民主义退出历史舞台，谁能否定这群小人物的作用、功绩？为了尊重历史、缅怀先烈，我认为在国家博物馆或国会大厦前，应该树立一组反英抗日的无名英雄塑像！

总之，纳凉勿忘植树人，我们应该尊重历史，用历史主义观点正确地看待历史事实。我们为具有代表性的三类小人物树像立碑，不仅可以追思纪念他们的历史贡献，更可以树立、弘扬一种正确的价值观、历史观！

这也该算是另类"小人物的心声"吧？

（2015年9月10日）

又把冯京当马凉

最近,宝岛又出现一桩奇闻:殖民地余孽李某到扶桑朝圣,认祖归宗,对宝岛殖民化感恩戴德,还说钓鱼岛是扶桑的。此举激起宝岛有识之士的公愤,口诛笔伐接二连三,连"马桶"也按捺不住了,说了几句"狠话"。

这事的是非黑白显而易见,既不容混淆,更不值得辩论或讨论。在宝岛如此,在此地也不例外。然而,本地有位专栏作者居然把冯京当马凉,把连战"赴京阅兵"与余孽"扶桑朝圣",相提并论,混为一谈。她给读者的"中国早点"写道:

"最悲哀的是,李、连的言行再在折射出,台湾经过长时期的殖民统治被人上下其手,身上遗留复杂错乱的国族认同问题,亲日、亲美、亲大陆各种情结纠缠。"("再在"是"在在"之误;"上下其手"属于用词不当)

读了这篇专栏文章,我感到"最悲哀的是",作者政治认识水

平差劲,思维逻辑混乱,分不清、答不上以下问题:

国民党元老和殖民地余孽是同一类人吗?他们言行、动机的本质相同吗?台湾人"亲日、亲美、亲大陆"的性质是一样的?都是属于"国族认同问题"?连战赴京阅兵,难道不可以体现当年国共合作、共同抗日?9·3阅兵和10·1阅兵的政治意义是否相同?在今天,有谁否定过国民政府在抗日战争中的角色?对连战赴京文章为何节外生枝,在鸡蛋里挑骨头?胡说什么"为中共背书"?

无论如何,稍有点政治常识的人都明白,台湾人(如连战)亲大陆很正常、很应该,根本不是什么"认同问题"。而台湾人(如李登辉)媚日意味着什么?说穿了就是认贼为父、自我作贱,就是心理变态与心理病态的折射,这和妓女爱上嫖客有什么两样?

像这类用地沟油胡乱制作的"中国早点",明智的读者是不爱吃的,也卖不了几分钱。

(2015年9月2日)

嘲是情、骂是爱

鲁迅作品无论小说或散文(杂文),或多或少,似乎都离不开嘲与骂,至少其代表佳作是如此。例如:《阿Q正传》《孔乙己》《狂人日记》等显然是嘲讽,而《友邦惊异论》《丧家的资本家乏走狗》《略谈香港》等无疑是责骂。

对于鲁迅爱嘲又会骂,或许有人觉得他不厚道,或许有人觉得他缺乏爱心,或许有人觉得他冷酷无情。但我敢肯定,这些想法都不对,完全不符合客观事实。

大家都知道,鲁迅本来是学医的,哪他为什么弃医从文?当时,中国人平均寿命很短,儿童死亡率极高,还有"东亚病夫"的美名呢。医病救人正是鲁迅及许多志士仁人——包括孙中山先生在内学医的初衷,但后来他发现,中国人的精神疾病——麻木不仁,比起体弱多病,更加严重可怕,也更需要医治,所以毅然决然拿起笔杆子来,而不在乎卖文度日的穷困潦倒,况且还有坐牢、杀头的风险呢!

仅仅就这点而论,鲁迅的心灵深处充满着情和爱——对国家民族的真情,对黎民百姓的挚爱!常言道:"爱之深,则责之切。"凡是有点良知的作家,都不满现状,嫉恶如仇,更何况当时的各种现状,如此糟糕恶劣,绝不是什么建设性意见、建议可以改变的。

阿Q、孔乙己、祥林嫂都是很可怜可悲的小人物,在鲁迅笔下,同情远超过鞭挞。他所鞭挞的无疑是"制造"他们的社会,所责骂的其实是欺压他们的老爷们。

"横眉冷对千夫指",所指的除了老爷们,肯定还有另一类人。他们可能是当权者,也可能是御用文人学者,或者提倡帮闲文学的文人。残酷的社会现实,有时使得鲁迅愤慨万分,诗句"怒向刀丛觅小诗",不就是因为"忍看朋辈成新鬼"?不就是因为深爱而转化为愤怒?敢爱、敢恨、敢笑、敢骂,便是鲁迅精神一大特色,而其文正如其人!

"爱之深,责之切"中的代词"之",指的既可能是同一对象,也可能是不同对象——即两个矛盾对立的对象。前者如父母爱自己的子女,教师爱自己的学生,所以当他们犯错、偷懒时,总要骂几句;但是,对别人孩子或学生的不良行为,因为和自己无关,通常是视而不见,你想谁愿多管闲事?我们对自己国家、民族、社会的态度,基本上也是一样:因为有挚爱、有深情,有恨铁不成钢的高要求,才会对其缺陷、弊病,作出严厉批评乃至于冷嘲热讽。只有御用文人才热衷于歌功颂德,为虎作伥。

后者"责之切",所责(嘲、骂)对象,则是与所爱者对立的事物,例如:我们同情被压迫、被伤害者,所以谴责压迫者;关怀人类,所以谴责(自然或社会)环境破坏者。我们热爱和平,所以反对军国主义者、法西斯主义者;热爱自由、平等,所以嘲讽殖民主义者、霸权主义者及其代理人。这同样体现了"嘲是情来骂是爱"!

(2014年5月31日于上海)

鲁迅笔端的《九一八》

《九一八》是《南腔北调集》中的一篇杂文,作于1933年9月18日深夜的上海。此文未曾发表于报刊,原因不明,使我很好奇。文章约2000字,内容很特别,绝大部分是引述,"杂感"只有几句话。

文章从讲天气开头:"阴天,晌午大风雨",接着引述《大美晚报》有关"九一八"二周年纪念日的报道,包括以下要点:

一、南京方面,标题《戴季陶讲如何救国》(中央社):"救国之道甚多,如道德救国、教育救国、实业救国等","不应只知向外国购买飞机"。

二、(中央社)《吴敬恒讲纪念会意义》,出席者有汪兆铭、陈果夫等六百余人,"演讲以精诚团结充实国力,为纪念九一八之意义,阐扬甚多,并指正爱国之道"。

三、"汉口静默停止娱乐","广州禁止民众游行"。

四、上海租界"语丝风片倍觉消沉","但此非中国民众渐趋于麻木,或者为中国民众已觉醒于过去标语口号之不足恃,只有埋头苦干之道乎"?

针对以上的媒体报道,鲁迅的杂感只有半句:"很为中国人祝福!"但嘲讽意味很浓,肯定令当权者不爽。

至于上海华界的情景又如何?《大晚报》在大标题《今日九一八华界戒备,公安局据密报防反动》下写道:"昨据密报,有反动分子,拟借国难纪念为由秘密召集无知工人,趁机开会,企图煽动捣乱秩序"……所以"在各要隘街衢,及华租界接壤之处,自上午八时……至下午六时,均派大批巡逻警士,禁止集会游行"。……"凡工厂林立处所,加派双岗驻守,红色车巡队,沿城环行驶巡,形势非常壮严"。

对此,鲁迅点评道:"'红色车'是囚车,中国人可坐,然而从中国人看来,却觉得'形势非常壮严'云。"接着引用《生活》杂志里的一段文字,说明"攘外必先安内",其中一句是"剿共和外方为救时救党上策",来点明南京政府为何如此这般"纪念九一八"。

文章的结束语是:"年年这样的情状,都被时光所埋没了,今夜作此,算是纪念文,倘中国人而终不至被害尽杀绝,期以贻我们的后来者。"鲁迅先生的心情,如此沉痛、无奈,流露于字里行间。

尽管"风在吼、马在叫、黄河在咆哮",尽管"中华民族到了最危险的时候",南京当权者充耳不闻,继续其"剿共和外"之策,人民连抗日爱国的自由都被剥夺了。像这样的腐朽政权如果不被推翻,中华民族的灾难将永无尽头!

(2015年七七事变日)

你做了初一，我才做十五

中国有句古话说，"先发制人，后发制于人"，还说"先下手为强，后下手遭殃"。其言下之意，似乎是在敌我斗争过程中，掌控主动权至关重要。然而，实际的情况并不完全如此，因为主动与被动，是可以互相转换、随时改变的。

在势均力敌的较量中，先发者往往可以制人，暂时居于上风，但能否获得最后胜利，则是个未知数，还得取决于其他的条件或因素，诸如法理性、正义性以及力量对比的转变。例如：日本在1941年偷袭珍珠港的同时，又大举进军东南亚，属于先发制人战略的运用；但因其师出无名，穷兵黩武，最终遭到可耻的失败！

至于弱者对强者的斗争谋略，如果采取先发制人，是否比较高明些？答案是否定的。对于弱者而言，这么做无疑是搬石头来砸自己的脚！可举的例子很多，比如钓鱼岛原属于中国，但自1895年以来长期受日本控制，"搁置争议"对日本相对有利。不料日本当权者昏头昏脑,居然玩起"购岛"把戏,图谋改变现状,将钓鱼岛占为己有。结果出乎他们意料:"购来"中国的强力反制,一面派出海警船在钓鱼岛领海内作常态化巡航,一面大张旗鼓地设立东海航空识别区。中方在捍卫国家主权上,毅然决然采用后发制人的战略,由被动转化为主动,使得对手不知所措、无可奈何!

另一有趣的例子:在中国划定的南海九段线界内,越南、菲律宾等居然利用中国的韬光养晦,窃占了30多个岛礁,并借助外国势力进行石油开采,似乎属于先发制人,一时尽占了便宜。然而,最近的事态表明:中国的后发制人的策略,再次令人刮目相看!在短短三几年内,便把七个岛礁造成人工岛,总面积2500英亩(约250万平方米),超过越菲等窃占岛礁面积的好几倍,以"大"取胜"多"了。更重要的是,这七个人工岛都将有民用和军事设施,其中最大的永暑岛长度约13公里,总面积约2.8平方公里(仅次于永兴岛,比太平岛还大),不仅将有雷达、海港、码头、油库、宿舍,还有蓄水池以及3100多米的飞机跑道,俨然是一艘永不沉没的超级航空母舰。有了这样高明的军事部署,不仅大大强化了中国对南海主权的行使,使得各国商船的航行自由更有保障,而且将令争议各方接受"搁置争议、共同开发",从而把南海变成安宁和平之海。

然而,唯恐天下不乱的牛仔国,竟然为了所谓的"亚太再平衡",不断鼓动倭寇带领几个小兄弟组成舰队,要在南海定期巡逻。平心而论,这是很鲁莽、很愚蠢、很危险的做法(某些美国人也有相同的看法),必将再次搬起石头砸自己的脚,因为中国没有忍受、退让的余地,唯有进一步加大南海岛礁建设的力度与规模,最终成为军事基地,并且在适当时机设立南海航空识别区,使得牛仔国自己陷入外交困境!

切记中国人的古训:你做了初一,我才做十五!

(2015年6月5日)

对诺贝尔奖的痴迷

整理旧书时,随手翻阅一本香港旧杂志。它将美国华裔科学家崔琦获得诺贝尔奖,列为"1998年十大新闻"之一。其说明文字写道:"……崔琦获奖有助香港推广中文教育,也将激发更多华人投身科学领域。但也会令人思考:为何华人要到外国去,才有杰出成就?"

姑且不论这位高明的编者,将一名华裔科学家获奖,列为"年度十大新闻"之一是否妥当。单就其说明文字而言,就可见编者对诺贝尔奖的痴迷——痴心与迷失!何以见得?我认为文字前半段,即"获奖有助香港推广中文教育",显然夸大其词,因为香港回归之后,随着中国的和平崛起,推广中文教育乃大势所趋,诺贝尔奖根本起不了什么作用,任何个人都沾不上光!

文字后半段说,"为何华人要到外国去,才有杰出成就",其潜台词或言外之意不就等于:中国人不移居到外国去,不成为外国公民,就不可能有杰出成就？这位编辑老爷显然患了"诺奖痴迷综合征",因为他不仅以获得诺贝尔奖作为"杰出成就"的唯一标志,致力夸大获奖的社会作用,而且更加可笑的是：公然藐视中国现当代科学家的光辉成就、重大贡献,居然把他们的成就排除在"杰出成就"的范畴之外。

诚然,这并非周刊编者的一时疏忽,也不是个别的或孤立的高见,而是一种具有代表性的典型价值观——中国人的任何成就,都必须获得西方人认可。这种以崇洋媚外为核心的价值观,不仅源远流长,根深蒂固,而且普遍潜伏在中国人乃至亚洲人的心灵深处,体现在他们的价值取向里！对诺贝尔奖的痴心、迷失、崇拜,或许就是最佳的脚注吧！若要治疗这种"痴迷症",恐怕一时没有特效药,李约瑟《中国科技史》不知是否会有点帮助？

（2013年9月27日）

一流与九流

每当我回国,只要是乘搭飞机,樟宜机场总令我心旷神怡。

我们的樟宜机场是世界一流的,除了硬件设施非常先进、高档,布置装潢优雅美观,给人一种很温馨的感觉,而且更重要的是:通关快捷,即使在入境旅客很多的高峰时段,也仅仅只需几分钟时间,你就可以顺利"过关"了。我敢肯定,每位旅客都应有宾至如归之感,所以二十多年来,我们的机场声名远扬,享誉全球,在世界机场排名中,一直名列前茅或二三位。对此,我们大家都引以为荣、为傲!

然而,如果自己驾车回国,在绝大多数的情况下,都很郁闷不乐,有时甚至气愤难消。这是因为兀兰关卡实在太差太滥了,把它列入世界九流并不过分!

新山关卡很好,在非繁忙时间,每次通关只需三几分钟;但一过长堤分界线,进入国境,车子开始拥堵,有时甚至动弹不得。至少要四五十分钟,才能蠕动到兀兰检查窗口。护照检查完毕,车子仍然无法马上离开窗口,还得等候十来分钟,才能驶入内线的"主道",真是难以想象!之后,还有第二道"车子检查"呢,每部车子驾驶员都得下车打开行李箱,供海关人员查看;又得费时十来分钟,才能驶出关卡。

通过新山关卡仅需三几分钟,而兀兰关卡竟然需要一两小时甚至更长,实在不可理解、难以接受!如要追究原因,大概有三个:一是关卡设计不合理,车道出现瓶颈现象;二是检查方法笨拙、落后,属于"第三世界"水平;三是在非繁忙时间,只启用少数检查窗口。

一流与九流的反差如此巨大,而又在同一部门管理之下,不知有关当局作何解释?尽管人们怨声载道,当局听而不闻,多少年来毫无改善,九流仍是九流。为何如此?非不能,乃不为也——为着惩罚国人驾车到邻国游玩消费而"不为也"!?

殊不知这样,是否也暴露了自身的颟顸无能?

(2015年1月5日)

盲性与惰性

先从一件有趣的小事说起：公共假期后的某星期二，我最早到校，在签到簿"星期一"栏内签到，接下来签到的全校老师，都没留意我的错误，一律跟而随之，也许因为我也属于学院"领导"之一吧？这是我无意的错误，但人们总以为领导是不会犯错的。大约三几个月后，我故意在公共假日栏内签到，结果还是有很多"盲从"者，虽然人数比上次少了些。

由此可见，我们人是有盲性与惰性的，当然我也不例外。二者相互为用：盲性来自惰性，又助长惰性，对事物不求甚解，盲从跟风，俗称羊群心理。

以讹传讹的盲从现象，也出现在一些普通词语的使用上。例如："凌晨"的意思明明是"天快亮的时候"。按"凌"的本意是"逼近"，所以"凌晨"字面意思为"靠近早晨"。然而，不知哪个"翻译家"把 AM 译成"凌晨"，于是便出现"凌晨一点"、"凌晨两点"。曾经有人指出其错误,不料跳出一位什么语文专家,认为可以接受,大家也就不了了之。如果"凌晨一点"、"凌晨两点"被认为可以接受,那么"凌晨"岂不又成为"无解"之词?再者,11AM是否是凌晨十一点?

又如:"目睹"的意思是"目击",也就是"亲眼看到",可是我常常听央视主持人说"亲眼目睹",这不是画蛇添足吗?目睹与耳闻,往往同时存在,所以"耳闻目睹"是句很好用的成语。可是恕我直言,有人偏偏弃之不用,爱用"亲眼目睹",以致显露自己学语不精,语文修养有问题、没到家。

近来,我们还常听到"第一时间"这个新词语。然而,说实在的,至今我还搞不清楚其含义。它到底是 at the first time? 是 for the first time? 还是 within the first hour? 有人告诉我:都不是!是"尽快"、"最早"的意思,即英文的 as soon as possible。既然如此,干吗要故弄玄虚,忽悠读者听众?难道现有词语不够用?除了"尽快"、"尽早",还有"最快"、"最早"、"及时"、"即刻"、"马上"、"瞬间"等等呢!干吗要去造一个含混不清、无法诠释的词语?我发现那些思想缺乏深度的人,写不出像样文章,往往为了引人注意,总爱在文字上玩点噱头!"作秀"、"给力"是如此,"第一时间"似乎也是如此!我们不要给他们牵着鼻子走!

一句话,盲性与惰性所养成的羊群心态,所带来的羊群行为,并不可取,更不应该保留、推广!我们是万物之灵的"人",可不是缺乏灵性的"羊"呀,愿与诸君共勉之!

(2013 年 6 月 13 日)

关于"开卷考试"的往事

从小学到大学,大家都得参加各种各样的考试。除了学校举办的大小考试,还有政府举办的全省、全国的统一考试,如什么会考、统考、联考、中考、高考等等。这一切的考试(笔试),就我所知,无论在我国还是在中国,都属于闭卷考试,似乎没有什么议论的价值。

和闭卷考试截然不同的是开卷考试。我相信大家都没有(或仅偶尔)参加过这类的考试,我也一样。不过,我曾经出过"开卷试题"来考我的学生。两次事情的发生,都有点偶然性。

第一次是在上世纪七十年代。当时我在某初级学院讲授《欧洲近代史》,选修的学生五十多人。有一天,我对学生们说:"我们的考试制度太落后了,有的西方大学的历史科已经采用开卷考试。"接着,我解释说:"所谓 Open-Book Examinations,就是让考生带笔记、讲义、参考书进考场,作答时随意翻看这些参考资料。

不过,我必须告诉大家,这样的考试难度更大,很容易栽跟斗。"

话音刚落地,即刻有人质疑:"我才不信,老师你不妨让我们试试看。大家说好不好?"一片叫"好"声过后,我告诉他们学院考试不行,只能在下次平时测验中,让他们品尝一回开卷考试的苦涩味道!

这回平时测验范围,仅仅《法国大革命》与《拿破仑时代》两章。只出一道题,在一小时内完卷。以下便是我的开卷试题:

> 有些史书说:"从1789年到1815年的欧洲历史,其实是法国的历史;而这段的法国历史,只不过是拿破仑的个人传记。"试论述之。

像这样的试题,当然任何书本都找不到现成的答案,考生不但必须读熟、读懂笔记和参考书,而且必须融会贯通,紧扣题旨,才能完成作答任务。其难度之大,远远超过一般的试题,所以评分结果有2/3考生不及格,及格者的成绩也不理想,这都在我意料之中。

第二次是在2009年。我在新跃大学担任《中国通论》兼职讲师时,试题原本由北师大教授拟定,罗主任请我审题,并赋予修改的权力(如有必要)。后来,不知何故,那回他索性请我义务命题,我欣然接受。《中国通论》(大二必修)试题分成论述题与简答题两部分,前者仅一题占40％,后者六题选四题占60％,须在两小时内完卷。简答题直截了当,要求不高;但论述题必须"有点水平"——开卷作答的水平,才能将考试成绩分成上中下三等。于是,我便出了这么一道试题:

  2008年北京奥运会开幕大典充满着中华传统文化的浓墨重彩,其中之一节目呈现一个巨大汉字"和"。试就你个人的理解,论述"和"在中国文化中的历史定位与文化蕴涵。

  这道题很灵活,还有点刁钻,每个考生都能作答,但要答得很好可不容易,它完全可以让考生开卷作答。我总认为,在大学里甚至高中阶段,历史科目的考试,最好采用传统的闭卷试题与新兴的开卷试题相结合。二者之比重,应该随着年级而改变:年级越高,开卷试题的比重越大,可以从70％对30％提升到30％对70％!

(2015年5月29日)

奇言妙语

愚人节的早晨,我在脸书上读到吴韦材先生的以下妙文,愿与大家共赏、分享:

"人,只活一次。所以我要活得像个人。有自己的选择。有自己的判断。有自己认同的归宿感。有主宰自己思维的绝对权利。有能维护自己价值观的空间。就算发现身边都已经变成骆驼或羊群,我还是会坚持选择做人。毫无恐惧。"

我觉得妙文很写实,寓意深长,值得人们深思反省。尤其他说"就算发现身边都已经变成骆驼或羊群,我还是会坚持选择做人",更加非同一般,难能可贵!

林子女士显然很赞赏这段文字,她的脸书回应只有两句:"佩服您坚持'做人'的勇气。因为有的走着走着就变成狗、变成马、变成虫了。"同属奇言妙语,令我忍俊不禁!

古人所谓"青出于蓝而胜于蓝",的确是句至理名言!这两位曾在我课堂里出现的作家,头脑如此清醒,老朽觉得无比欣慰。在这个没有黑白的浑沌年代,毕竟还有不浑沌的人!

(2015年4月1日愚人节)

半路出家

看完《历代经济变革得失（7）——王安石变法》（www.youtube.com/watch?v=T0iDLVxapbM）我感触颇深，以下几点即观后感。

看来主讲者吴晓波先生并非史学科班出身，史学修养或基本功力显然不足。他对中国历史还缺乏比较深入的认识，对王安石变法的微观审视，难免偏颇、不足，只知其一不知其二。

众所周知，史学和其他的社会科学，如经济学、社会学一样，也是一门特殊的专业学科。任何人必须经过基本的专业训练，才能够在其基础上对某些历史专题，作进一步的学术性探讨、诠释。"专"必须建立在"博"的基础之上，"特殊"只能存在于"一般"之中，这是不可违背的学术基本法则，谁也不能例外。

所谓史学的"基本功"，不仅要熟悉或知晓中国及外国的通史与断代史，还包含认真修读哲学、社会学、经济学、政治学，以及更重要的历史哲学和史学方法论。有了这些基本功，才懂得如何鉴定史料、诠释史实，才能透过历史现象看穿历史本质，才能把握历史课题的核心内容。

在今日，人们似乎只要看热闹、不要讲门道。因此，半路出家者往往找些参考书，东抄西凑，然后牵强附会，胡乱对比，凭着三寸不烂之舌，应市场需要来"开坛讲史"。在外行人看来，俨然又是一位历史专家学者，但在内行人眼里，纯然属于班门弄斧之举！

主讲者使用"宋代权贵资本主义"一词，可见他既没读过《资本论》，也没认真读过相关的政治经济学，对"资本主义"的界定及其起源，似乎缺乏足够的学术底蕴或历史认知。而他拿宋代钢铁产量来和十八、十九世纪英国相提并论，毫无意义，简直是"乱点鸳鸯谱"！他所用的一些术语如"无产阶级"或"无产者""有产阶级""有产者"，恐怕连他自己也不甚了了，无法界定。

众所周知，任何事物的对比，必须考虑其可比性。拿"商鞅变法"和"王安石变法"比较，可以；但拿它们和"康梁变法"相提并论，不可以。至于拿它们和当前的经济变革作比较，那就更不靠谱了！

所谓"四大利益集团"的分类或假设，根本不适用于古代中国历史，因为没有任何历史依据。所谓"国进民退"，同样不能用于1949年以前的中国，更何况古代中国历史了！国有企业是社会主义思想的产物，没有社会主义理念的古代中国社会，哪来"国进民退"？这只是历史常识。滥用词语只能导致基本概念错误。

最后,讲演时间约50分钟,主讲者并没有直奔主题,而居然用了20多分钟讲述与题旨无关的内容,如什么"杯酒释兵权"、"钢铁产量"之类。我觉得,这是"没话找话讲"的一大败笔,似乎是为了填满所提供的时间。

(2014年3月6日)

几句有趣的方言惯用语

新马华人的祖先,主要来自广东、福建两省(海南原隶属广东),所以方言有福建话(闽南话)、广府话、潮州话、客家话、海南话等等。

每种方言的特色,除了语音各异,词汇不尽相同,我想主要体现在惯用语的使用上。华人比较好赌,而十赌九输,有的甚至倾家荡产,所以福建话"输 su 到 gao 脱 teng 裤 ko"便成了惯用语。这句话有两层含义:对男人来说,是输到一无所有;对女人来说,是输到出卖肉体。贬义非常有趣而强烈,具有警戒作用,好赌者或许应牢记在心。

广东人的口头禅"粘 qi 着 zo 线 xin",也是一句贬义的惯用语。它的意思是:当一个人的思维出现时空错位,就无法做出准确的判断。就我所知,我们找不到 qizoxin 的华语同义词,有人把它写成"搭错线",有人把它改写为"神经病",其实语义都不准确,可见广东方言词汇的奥妙,非同一般!"盲 mang 鸡 gai 啄 dok

到 dou 米 mai"在广东方言中,也很有意思。

普通话里的"半桶水",到了潮州方言却变成了"半 bua 桶 tang 屎 sai",意思完全一样,也显得非常风趣。"猪 ti 狗 gao 禽 kim 兽 xiu"是潮州人另一句惯用语,意思和"衣冠禽兽"大致相似。当年学生运动中有首潮州"新谣"唱道:"猪狗禽兽周瑞祺,无理来封我学联!……"(用潮剧调子来唱),政治贬义很浓厚。(按:周是林有福时期的教育部长,中学联是被他封杀的。)

相传客家人的老家在河南,却像吉普赛人一样,到处流荡江湖,受人排斥、欺负,所以性格很强悍叛逆,不少的革命事业都和他们有关(如马共多客家人)。他们人虽在他乡为异客,不但善于抱团,凝聚力很强,还保存了客家方言。他们初次见面,只要说声"自 ji 家 ga 人 gin",就显得格外亲切,一见如故。这点和海南人很相似。

海南人在新加坡,人数较少,很少富商,惟特别重视子女的文化教育。在学校里,他们多半勤敏好学,成绩优异。他们的乡亲观念很重,一句"屋 su 边 gi 人 nang",便轻易地拉近了彼此的距离。(Sugi 意为邻居,马来西亚海南会馆和丰隆银行合作,发给其会员的信用卡,就称为 HLB－SuuKee 卡)。一个海南人,如果被人说他是"黑 ou 鸡 goi 不 bo 认 jin 种 jiang",就很不光彩了!

对以上方言惯用语,新一代的新加坡华人,恐怕已经"莫名其妙",但就我所知,在马来西亚仍然流行!

(2015 年 3 月 14 日)

中国史在世界史中的位置

只要随便翻阅一些所谓的"世界史",我们便会发现中国在西方史家的笔下,完全没有什么地位可言。在这些西方人编写的世界史书里,中国史仅占很少的篇幅,对于中华民族的光辉成就,往往只是含糊其辞,甚至只字不提。

举个具体的例子:海斯是美国著名的历史家,曾任美国哥伦比亚大学历史系教授,著作有《近代欧洲社会政治史》《古代史》《古代与中古史》《世界通史》等。其中《世界通史》是和穆恩、威兰两人共同编著,自1932年出版以来,在美国风行一时,曾经增订、再版好多次,也翻译成包括中文在内多种语文,属于世界史学名著之一,也是大学的历史参考书之一。

尽管作者在序言里强调,这是一部"世界的历史",它"对整个地球上各世代、各民族的文化、社会、经济生活及政治生活,都等量齐观,予以注重",但实际上,这部《世界通史》始终以欧美为中心,中国、印度及其他东方国家的历史,完全被边缘化,成为点缀品,所以我认为不配称为"世界史"。

本书共12卷、51章,70余万言(不含绪篇),但涉及三千年中国历史部分,仅有一章及另外三小节,约占全书篇幅的0.25%,即不超过1.8万言。

在第四章的《古代中华》一节里,作者东拉西扯,所用的小标题是"中国的传奇"、"周朝"、"边疆小国与夷狄"、"中国的文字"、"高丽与日本",内容都很简单、浅陋。

第十二章《中国及其哲人》专述中国历史,由四小节组成,内容包括:老子与孔子的学说;古代中国与印度、近东的接触;佛教传入中国及其它远东国家;从秦始皇统一中国到唐朝的复兴。

唐朝以后的宋元明,"中国"即在本书中完全消失了,直到第四十二章,作者才在"中国之觉醒"一节里,提及清末列强侵略中国及辛亥革命之发生。接着在第四十七章里,又有一节谈到第一次世界大战后,中国所面对的困难。此外,作者在评论欧洲文艺复兴的新发明时(见第二十二章),才顺便提及中国人的造纸、印刷、火药、罗盘四项成就,但对这四大发明及其影响,仍然持着半信半疑的态度。

至于苏俄历史家笔下的中国又如何?我们不妨翻开两三本史书来看看。米舒林《古代世界史》,是前苏联中学历史教科书,共分成三部:古代东方、古代希腊、古代罗马。全书300页,约20

万言,它对于古代希腊、罗马的讲述,颇为详尽,但对于中国及其它东方古国,则语焉不详。涉及中国史只有一章(第五章),连图在内,仅十二页或4％篇幅。内容包括1)中国的自然环境与古代居民,2)周代至汉代的政治演进,以及3)古代中国的文化。涵盖面虽广,但内容无法和古希腊罗马媲美,仍然以欧洲为世界史的重心。众所周知,埃及、巴比伦、印度、中国并称为世界四大文明古国,但它们在《古代世界史》里却一同遭受边缘化。

再看柯思明斯基的《世界中古史》,它分为三编二十一章,二百页。第四章第十四节略述唐宋时代中国的政治、经济、社会与文化发展,所占篇幅不过五页,内容可想而知。第十七章涉及明清时期的中国,包括明朝的建立、欧洲人在中国、与日本人的斗争、明朝的衰落、李自成起义、满清的入关等。该书对中国史的简述虽然连贯,但内容过于简略,许多重要史实,居然一字不提。必须指出:在中古时代,欧洲处于"黑暗时期"(The Dark Ages),而中国的经济文化水平,远在欧洲之上,是世界文明中最先进的。

中国史在世界史中的位置,竟然如此微不足道,原因何在?我认为主要原因有四点:一是西方史家的"欧洲中心论"在作祟;二是西方人对东方文明的传统偏见;三是西方史家对中国历史缺乏应有的认识;四是近代中国积弱不振,享有"东方病夫"美名!

(2015年6月26日)

二战史应从 1937 年开始

二战——全称为第二次世界大战,是从什么时候开始?只要你随意翻开一本世界近代史,不难找到答案:绝大多数把 1939 年纳粹德国入侵波兰(1939 年 9 月 1 日)作为二战的第一枪,但也有学者认为纳粹德国对捷克斯洛伐克的入侵,才是二战的开始。

人们对这样的历史记载、陈述,似乎没有异议或质疑,但从大学时代起,我就有了不同的想法。只不过我个人的质疑无济于事,后来当教师、教历史时也得照本宣科。

如今,我更坚信我们讲述二战史不应该从 1939 年开始,理由有几点:(一)第二次世界大战主要战场有两个,一个在亚洲大陆,另一个在欧洲大陆;(二)二战是一场反法西斯主义的战争,日德意为一方,中英法苏美为另一方,同样涉及亚洲中日两大国;(三)比起欧洲战场,亚洲战场的规模更大、历时更久;(四)中国在二战中伤亡人数最多(三千多万),付出代价最大,所做贡献更不可忽视；（五）中国抗日战争是二战史的最重要组成部分，以"七七事变"作为战事开端是很合理、很正确的。

第二次世界大战是逐步演变、发展起来的。1931年9月18日日本侵占中国东北，可以说是已经揭开了二战的序幕；而1937年7月7日的卢沟桥事变，日本发动全面侵华战争，所以作为第二次世界大战开始，应该顺理成章。关于第二次世界大战的结束，现在比较公认的是1945年9月2日日本签署投降书，宣布第二次世界大战正式结束。

总之，一直以来，西方历史家在"欧洲中心主义"的支配下，以欧战作为二战的开端，完全忽视了亚洲主战场（中国）在反法西斯战争中的重大历史意义与历史作用。这段遭扭曲的世界历史，必须及时纠正过来，还原历史的真相与正义，是当代中外史家责无旁贷的使命。

（2015年8月20日）

但愿下回再遇见你

登上190号巴士,里头挤满人。

"安格,你快上来,门要关上了。"是一位陌生少女的声音。

"安格,我们到后面去,我给你找个座位。"这位学生模样的少女,想要挤开一些空间,但一脸无奈。

"人太多了,我能站稳的。谢谢你。"我跟前的她,矮个子、微胖、圆脸,仿佛成了我的孙女晓彤。她的热心令我感动。

过了两三个站,上下车的人多了起来,我和她都得往后挪。她东张西望,显然在找座位,但好奇怪,这巴士并没有"优先座"。其实,就算是有,人家不让你,你又能怎么样?我很少乘巴士、地铁,似乎不知道还有"让座"这回事。

真没想到那位"小女侠",如此热心肠,她"看中"了靠着出口旁的一个座位。那儿坐着一对青年,二十多岁,正在卿卿我我。男的坐在右边,偶尔朝着我望望,女侠却死瞪着他,可能还有其他肢体语言。

"安格,你过来坐吧。"他突然起身离开,我很意外:"你坐你坐,我能站,没问题的。"可是女侠非要我坐下不可,盛意难却,我只好从命了。

她告诉我她还在某初级学院念书。到乌节路文华酒店前,她要下车了,"谢谢你"我已说了两次,所以笑着对她说:"但愿下回再遇见你!"

她回眸笑笑,挥挥手,就消失在人群中。

(2015年8月14日)

从"陈桥驿兵变"到"杯酒释兵权"

常言道,政治是很肮脏的权谋数术,只讲目的,不择手段,尤其在家天下的时代。宋太祖赵匡胤之夺天下、坐天下,就是一个著名的范例。

赵匡胤原本只是后周的一名高级将领,周世宗柴荣去世后,其子柴训继位,年幼无知(仅七岁),军权就落入赵氏之手。但他并不以此满足,反而助长了他的政治野心,第二年居然和部下赵普、石守信等密谋,虚报辽国(即契丹)入侵,然后"奉命"出兵抵抗。当他的军队抵达开封附近的陈桥驿,石守信按计谋利用五代以来"兵拥将立、改朝换代"的历史氛围,发动兵变。由士兵们把黄袍(龙袍)披在赵匡胤身上,同时齐声高呼三声"万岁"。这便是历史上著名的黄袍加身政变,史称"陈桥驿兵变"。

赵匡胤即刻班师回朝,废柴训而自立为皇帝(宋太祖),改国号为宋,定都开封,史称北宋或赵宋。

当上皇帝的赵匡胤,心里很不踏实,因为兵权已落入石守信等将领手中。尽管他相信自己在位时,那几名高级将领不敢造反,可是一旦他驾崩,"陈桥兵变"历史就可能重演。他绞尽脑汁,终于想出一个妙计,来为赵家王朝铺平道路。

称帝后第二年某日,宋太祖请石守信等七名高级将领饮酒,饮至酒酣时,太祖对他们说:

"要不是你们鼎力相助,我不能有今天的地位。大家对我的恩德,始终没有忘记过。可是当皇帝也太难了,还不如当节度使快乐,如今我从没睡过一晚的安稳觉呢。"

石守信不明其言外之意,问道:"是什么事烦恼陛下呢?"太祖回答:"这是不难知道的,高居天子之位,谁不想要呀?"石守信等人惶恐不已地叩头说道:

"陛下因何说出这样的话?"

太祖的回答更令他们吃惊:"诚然各位并无此心,但你们的部下谁不想富贵? 有朝一日,他们将黄袍披在你们的身上,即使你们不想要,也是由不得你们了。"石守信等人连连叩头哭泣着说:

"臣等愚昧无知,还没想到这一点,只求陛下怜悯开恩,给我们指条生路。"

太祖哈哈大笑,说:"人生犹如白驹过隙,凡求富贵者,不过希望得到很多金钱,自己尽情享乐,并让子孙不再贫困而已。你们何不放掉兵权,选择良田买下来,给子孙后代留下基业呢?只要学当年的王翦、萧何,多收养歌姬美女,每日饮酒作乐以终天年,这样君臣之间互不猜疑,不也是很美好吗?"

石守信等听毕,叩首再拜,说:"陛下对臣等关怀备至,如同再生父母啊。"

第二天,石守信等人都自称有病不能上朝,请求太祖解除他们手中兵权。这就是所谓的"杯酒释兵权",颇值得现今当权者效仿吧?

读史总让人反思遐想,让人头脑清醒,从"陈桥驿兵变"到"杯酒释兵权"也不例外,或许就是史书魅力之所在。

(2015年1月19日)

炸鸡配可乐

炸鸡的种类不少,但据说"好到吮手指"的惟独KFC家乡鸡,所以闻名遐迩,店网遍布全球。可乐大概只有两种,即可口可乐与百事可乐,其他山寨版可乐,如什么天府可乐、非常可乐,都不能登大雅厅堂。因此,KFC配Pepsi或Coke,无疑是"强强联合",打遍天下无敌手,自然不在话下啦。

上世纪九十年代某月某日,我在上海的忘年之交,问我爱不爱吃炸鸡配可乐,我摇摇头。不料他告诉我一件趣事:两周前,KFC在南京路开张营业,半价优待儿童,结果引来见头不见尾的人龙,场面非常热闹壮观。在寒风细雨中,人们撑伞排队几小时,才能品尝到香脆可口的家乡鸡呢!接下来的几天里,KFC的人潮依旧,半价优惠持续,但孩子们要得到优惠券,必须高喊:"ＫＦＣ,我最爱,大风大雨还等待!"

见我眉头深锁,满脸狐疑,他从抽屉里拿出旧报纸给我看。

头版的红字大标题果然是:"排队几小时,就为吃炸鸡",当然还有连篇累牍的采访文字和精彩照片,我怎能或怎敢不信?为此,隔天我特地到南京路、淮海路走一趟。见到"KFC"字样加人头像(大概是创业者吧?),在南京东路到处飘扬;而"可口可乐"的红色广告牌子,在整条淮海中路两侧,整齐地排列着,非常醒目。我有点吃惊:人家老美的广告宣传、促销手法实在高明啊!我还纳闷呢:中国人(尤其是海南人)你们真窝囊,为什么不有样学样,把海南鸡饭推销到全球?让外国孩子们也高喊:"文昌鸡呀我嘴爱,明天后天还再来!"(当然得把口号写成汉语拼音,但他们总会把"最"念成"嘴"的,意思也不差。)

去年五月在上海,我和忘年之交再谈起此事,他告诉我:很久很久没带孩子去吃炸鸡配可乐了。"为什么?孩子吃腻了吗?"我觉得很奇怪。"不是。当年很傻,上当受骗了。"

他继续说:"后来我才知道,文明进步的欧洲国家,早已把KFC列入垃圾食品,把可乐当成有害饮料了。您说是吗?符先生。"我微微笑,一言不发。他应该还记得我当年的摇头。

(2015年5月8日)

克拉运河狂想曲

每当人们谈到克拉运河,我总想起"只闻楼梯响,不见人下来"这句谚语,而且我敢说没有人比我更早关注此事。如果我是作曲家,一定把它谱成《克拉运河狂想曲》。

你们知道吗?早在上世纪五十年代,"楼梯"就开始咯咯作响了。我们上《东南亚地理》课的时候,郑金发老师讲到马六甲海峡的重要性,在黑板上画个东南亚简图,并且满腔激情地强调:一旦把克拉地峡变成克拉运河,新加坡的区位优势就自然丧失殆尽了,港口收入与转口贸易的国际地位,将一落千丈!这点给我留下不可磨灭的印象,使得我一直关注"楼梯响声"。

谢天谢地,值得庆幸的是,六十多年来,楼梯响声时有所闻,而且有时还如雷贯耳,但是始终"不见人下来"!我想这恐怕是人类历史上罕见的怪现象。究竟是媒体人的炒作,还是无聊政客的花招,我们不得而知。但有一点是可以肯定的:苏伊士运河与巴拿马运河的开通,既然对世界经济的发展与全球化,起着非常重要的促进作用,那么,开凿克拉运河岂不就是造福人类、顺理成章的事情?

这个出现多年的狂想曲,在四五十年前,只能是人们的狂想曲,因为克拉地峡在泰国境内,主权属于泰国。泰国既没有能力开凿克拉运河,也不管什么原因,她不要外国来开运河,谁能奈她何?况且在那个年代,有能力开运河的,恐怕只有美国和苏联两大超级强国。

如今,世界格局发生了巨大变化:经济全球化,亚洲在崛起,中日成为世界第二、三大经济体,印度也拼命追赶,太平洋与印度洋之间的航运空前繁忙。另一方面,开凿运河的资金充足、技术成熟,可说是万事俱备、只欠东风!这就是我们又闻楼梯咯咯作响的原因。那么,到底这回有没有人下楼来?什么时候她才慢条斯理地下楼来?我们不知道,恐怕也没人知道,姑且狂想她突然出现,或者在三几年内出现吧。如今,或许值得一谈的是:开凿运河对谁有利?对谁不利?哪国是最大赢家?哪国是谁大输家?

我个人认为,不论由谁来开发,克拉运河都属于泰国的国家资产,泰国当然是最大赢家。除了每年将有可观的租金与停泊、过河收入,运河两端必然出现两个新城市,运河沿岸也会出现一条高速公路和一些旅游景点。你想这对泰南的经济开发的作用,是多么巨大、多么美妙!其次,它与"一带一路"大战略不谋而合,中国将是第二大赢家；而日本、韩国、印度甚至越南、俄国也同样从中受惠不浅。

毫无疑问，从外交与军事角度来看，美国将是最大输家，输在包围、遏制中国的阴谋诡计，再次在世人面前暴露无遗，而停驻在樟宜的几艘滨海战舰，作用大减甚至毫无意义。

至于对我国的影响，表面上似乎是件坏事，也是输家：海港的区位优势必然丧失，港务局的收入随之大减。这对我们无疑是前所未见的大挑战！然而，今时不同于往日，我国经济结构、财富来源已多元化，而且已开始输出资本和技术、专长，所以我认为克拉运河对我们既是挑战又是机遇，甚至机遇还大于挑战呢！

何以见得？机遇来自很多领域，例如参与运河的开凿、港口的建设，新城市、工业园的规划开发，运河区旅游业的长期运营，等等。总之，坏事可以变成好事，只要我们未雨绸缪，采取积极的态度，只要我们不穿上不合身的"牛仔裤"！

（2015年5月22日）

伊拉斯莫的《愚人颂》

在欧洲文艺复兴史上,伊拉斯莫(D. Erasmus,1467 - 1536)是个举足轻重的荷兰人文主义学者,甚至被誉为"文艺复兴时代的伏尔泰"(按:伏尔泰是18世纪法国启蒙思想家,对美国独立和法国大革命影响巨大)。

伊拉斯莫曾在巴黎大学修读神学与古典文学,但对当时大学内的迂腐学风和无聊说教,非常失望,他已开始走向离经叛道。

伊拉斯谟一生著述颇丰,主要有《愚人颂》《名物篇》《论正确的教育》《对话集》等。《愚人颂》*The Praise of Folly* 是最重要也是最具影响力的著作,就其内容来看,大致分为两大部分:一是对"愚人"的宗教虔诚与纯朴道德的歌颂,另一是对"聪明人"和罗马教会腐败的嘲笑、抨击。

通过聪明人与愚人的对比,伊拉斯莫高度颂扬了愚人的美德。他认为,假如所有的人都很聪明,聪明得脱离了人性,就如同那些御用文人学者一样，那么，世界将变得更加丑陋。他认为愚人是"唯一朴质、诚实和爱讲真话的人"，"愚人的心思都从表情和话语中表露出来了；而聪明人却有两条舌头：一条舌头讲真心话，一条舌头编造谎言"。愚人们心地善良正直，没有半点阴谋诡计或口是心非，而聪明人却刚好相反，自高自大，利欲熏心，虚伪造作之极。

伊拉斯莫画像

他所谓的"聪明人"，包含教皇、大主教、教士、经院哲学家和大贵族，也就是当时整个社会的上层分子或统治阶级。《愚人颂》对教皇滥用手中至高无上的权威，发布敕令，打击异端、谋取私利（如出售赎罪券），作者因深恶痛绝，而挥笔鞭挞，毫不留情；对教会神职人员的贪婪腐化、荒淫无耻生活，进行嘲笑和诅咒；对封建贵族寄生腐朽、巧取豪夺的卑鄙行为，予以同样严厉的批判。伊拉斯莫认为他们都是一些"精神错乱的蠢货"，因为他们不深入研究《圣经》，不带一丁点宗教气味，不了解《圣经》的真正教义，而把全部信仰都放在无聊的教礼细节上。他坚持各种不合理现象必须改变,社会、教育都需要加以彻底改革;惟有推动人文主义与自由解放,才能构建一个全新而健康、美好的社会!《愚人颂》所代表的基本精神实质是:人文学者应不畏强权,藐视当权者(教会、国王)的权威,将愚人从强权专制的枷锁中完全解放出来!

《愚人颂》的核心思想就是对回归虔诚和道德的呼唤。书中无论冷嘲热讽,还是称颂褒扬,都是文笔生动活泼,意味隽永,所以受到广大读者的欢迎。单在日耳曼地区,《愚人颂》译成欧洲多国文字,重印竟达二十多次,成为反对中世纪旧制度的思想武器。它对日尔曼的宗教改革与农民战争,对城市平民反教廷反贵族的斗争,都起着推波助澜的作用。

因此,罗马教廷忍无可忍,教皇保罗四世终于把《愚人颂》列为《禁书目录》(The Roman Index)中的第一类禁书,即最重要的禁书。这在文字狱盛行的年代,不足为奇。

(2015 年 12 月 22 日)

"次等生"的回忆录

在某些人眼中,我是名"次等生",因为出身无牌大学。也许阴差阳错,人家把我派送到优等学府执教,和名牌大学出身的"优等生"共事,长达二十六年之久。我对他们相当了解,彼此关系十分融洽,从孩子取名到买车买房,我都曾当过他们的"顾问"呢。

最初一两年,因为自己英语不行,出身不良,钱财不多,总觉得似乎矮人一截,样样不如人,自卑感岂可避免?所以只能埋头做事、弯腰做人。

为了学好英文来和优等生打交道,一有时间就到休息室,埋头苦读《海峡时报》。遇到不明白的词汇、短句,当然就得虚心求教、不耻上问,而优等生们多乐于赐教,令我没齿不忘。加上我原有的文法根底,使得自己英语进步显著,双方的沟通、交流、来往终于能够开始了。

与人交往，一定要在知己之余再知彼；要重拾自信心、自豪感，更要知己知彼，方能百战而不殆。当然，知己容易知彼难，双方多沟通交流是唯一途径。第二年某日下午，和 Mr. Subramaniam（英文源流历史科三名教师之一）闲聊时，他先问起我教的历史课程范围，然后说："It seems to me, your teaching load is rather heavy. How do you manage it?"（在我看来，你的教学负担相当繁重。你是怎样应对的？）

这也许出自关心，也许是质疑次等生的教学能力。无论如何，对我来说，这是个很怪异的问题，因为《东亚史》也好，《欧洲史》也罢，不都是历史吗？历史系毕业生教两门历史课怎么会觉得繁重？况且我已有七八年的教学积累，即便多加一门《东南亚史》也不成问题。恰恰相反，我觉得负担很轻松，要不然哪来时间看报纸、学英文？

很明显的，对无牌大学历史系的课程结构，Mr. Subra 一无所知。我于是趁机告诉他，我们没有荣誉学位，都必须读四年。从大一到大四，我们读的历史科目较多，范围较广。① 除了通史、断代史，还有史学理论、史学方法、历史专题、专书选读，以及相关

---

① 在四年间，我们修读 20 门课左右，除了英文、马来文、日文等外语，其他都属于历史或与历史相关的辅助学科。

辅助学科与外语。① 这么一来，就构成了比较完整的历史专业体系，②确保其专业水平绝不低于名牌大学，毕业生到国外大学升造也不绝对成问题。

从 Mr. Subra 及其他同事口中，我得悉那所名牌大学的课程编制很不一样。大一、大二所有文科生都属于"人文学部"（Humanities），从大三才开始分系，但仍不够"专一"，每个学生都必须在"主系"（Major）之外，加选个"辅系"（Minor）。如以中文为主系学生，可选数学为辅系；以历史为主系学生，可选地理为辅系。只有第四年的荣誉班，文科课程才有点的专业化的味道。这么看来，同是历史系毕业生，他们所读的历史科目，通常不到我们的一半（普通学位仅三年，又加上"辅系"科目），最多不超过三分之二（荣誉学位）。彼此的课程结构的既然不同，专业化程度（深度与广度）有了差异，学术水平高低显而易见。因此，英文源流的高中历史课，需要三名教师来分担，就不足为奇、不难理解了！

名牌大学采用的是英殖民地式的课程编制，从市场（就业）角

---

① 属于通史类有《中国通史》《西洋通史》《马来亚史》《东南亚史》《英帝国联邦史》；属于断代史类有《先秦史》《秦汉史》《魏晋南北朝史》《隋唐五代史》《宋辽金元史》《明清史》《中国近代史》《西洋近代史》《印度古代史》；属于史学理论、专题则有《史学概论》《史学方法》《历史专题研究》。此外，可供选修的相关科目也不少，如《哲学概论》《社会学概论》《新闻学概论》《文学概论》《文字学》《语言学概论》《中国新文学》《论语》《孟子》《英文》《日文》《马来文》、德文、法文，等等。
② 史论＋通史＋断代史＋专题＋专书＋外语＝历史专业知识结构，充分体现其深度与广度。

度来看,英制似乎比较"实际",有利于毕业生当公务员;但从学术角度来看,其人文学科(历史、地理、经济)的专业水平,显然远不如采用美国式课程编制的无牌大学。

再者,无牌大学的学术水平,也是由次等生的专业水平来体现的!我们除了具备较强的教学能力,还在攻读高级学位(硕士与博士)方面处于明显优势。因为我们的理论水平、语文能力较强,每人至少懂得一种外语,进入国外大学升造非但不成问题,而且多有突出的表现。[①]

这一切都属于陈年往事,为何往事重提?不为别的,只为了还历史以真相,使之大白于天下。历史既不能遗忘、丢弃,更不许人为地歪曲、捏造、诋毁,什么《报告书》《回忆录》都无法改变以上的客观事实!

(2013年12月8日)

[①] 例如:颜清湟、杨进发、廖建裕、蔡史君四位次等生,都通晓三种语文,对新马史、海外华人史的研究成果,受到学界称誉。他们毕业后,就到国外攻读硕士、博士学位,然后分别在澳洲、新加坡、日本大学当教授。

宰相肚里能撑船

富弼是北宋的名臣,当过宰相,是三朝辅臣。他为人宽厚,很有度量,非常能干,受人敬重。史书说他"恭俭好礼,与人言,虽幼贱必尽敬,气色穆然,不见喜愠。其好善疾恶,盖出于天性"。又说他"智识深远,过人远甚,而事无巨细,皆反复熟虑,必万全无失然后行之"。因此,相传成语"宰相肚里能撑船",出自以下典故:

某日,有人辱骂他,他充耳不闻,脸上毫无愠色。随从提醒他说:"那个人正骂您呢!"富弼说:"他骂的恐怕是别人吧?"随从又说:"人家指名道姓,怎么是骂别人呢?"富弼说:"也许是同名同姓的人吧?"骂人者知道富弼的非同一般后,感到非常羞愧,很钦佩对方的大度。从此,人们用"宰相肚里能撑船"来称赞富弼的宽宏大量。

这只是其中之一的典故。其实,还有三个不同的历史故事,分别涉及蔺相如(战国)、吕端(三国)、王安石(北宋)三位著名宰相。

大家听过"负荆请罪"的故事吧？蔺相如与廉颇都是赵国的大臣，前者因"完璧归赵"有功，晋升为上卿（宰相）。廉颇很不服气，屡次挑衅，但蔺相如仍以社稷为重，一再忍让，终使廉颇内疚而负荆请罪。后世民间所谓"将军额上能跑马，宰相肚里能撑船"，或许和这个典故有关。

一句成语，通常只有一个典故。面对绝无仅有的"一句成语四个典故"，我们如何看待、解读？我觉得哪个典故正确并不重要，也无需或无从考证。重要的是：由此可见宽宏大量的心胸气度，是当权者必须具备的人格素养或基本条件。古代黎民百姓以极其夸张的成语比喻，来表达他们对当权者的期望、诉求。四个不同内容的历史典故，都释放了完全相同的文化蕴涵，是特别有意思的。

更加重要的是：中国古代董狐们（历史家）往往依照这句成语，来评价、褒贬帝王将相：肚里能撑船者，才算是具备仁者风范的、真正的贤君良臣！在君主专制的古代尚且如此，为什么我们不把它用在崇尚自由民主的现代，作为褒贬当权者的尺度之一呢？

（2015 年 4 月 10 日）

指挥棒失灵了

看过美国西部牛仔影片的人,都知道牛仔很厉害,牛气十足,是"野蛮山番"的克星。他们的后代继承这种骁勇遗风,到处耀武扬威,称王称霸,顺之者昌逆之者亡,数十年来都是如此。

牛仔国的"普世价值"观,说穿了其实只有一个,那就是:客观事物的是非黑白,只有我说了算!I am the international law("我就是国际公法")正是牛仔国在国际关系中最常用的潜台词。关于这点,可以列举的例子实在太多了,不妨以最近的"创建亚投行"一事为例。

两年前,中国建议设立"亚洲基础建设投资银行"(简称亚投行 AIIB),作为另一家开放性的国际金融机构,以补充世界银行、国际货币基金、亚洲发展银行之不足。尽管这个倡议非常及时、很有建设性,获得不少亚洲国家的支持,然而牛仔国对中国的倡议却心怀不轨,不断挥舞着指挥棒,千方百计阻止他国申请成为创始成员国,企图扼杀亚投行于娘胎之中,或者至少使之成为先天不足的早产儿。

面对牛仔国的指挥棒,亚太经济强国如日本、韩国、澳大利亚都噤若寒蝉,不敢不听从指挥,而欧盟各国一时也没有"出头鸟",似乎都在静观其变。距离申请为亚投行创始国的截止日期(3月31日)越来越近,牛仔国"成功在望",当然洋洋得意,不料它的铁杆兄弟(英国)突然宣布:决定加入亚投行!紧跟着而来的,是盟友德国、法国、意大利三国,以及瑞士、卢森堡两国,不约而同,做了相同的决定。这一多米诺骨牌效应,也已波及日、韩、澳三国及其他国家。你想有谁不要乘搭"中国高铁顺风车"?

这恐怕是牛仔国意想不到的"无言结局":指挥棒失灵了,以致众叛亲离!为此,奥巴马肯定恼羞成怒,脸色有多难看,咱们看不到,但白宫发言人回答记者们的语无伦次,倒是值得玩味一番。她昨天刚对英国的决定表示强烈不满和非常遗憾,今天却自打嘴巴,说德、法、意等申请是主权国家的内政,不愿置评。最为荒唐可笑的,还是发言人多次强调:质疑亚投行能否按照高标准运作。那么,究竟什么是"高标准"? 什么是 American Standard? 她倒没说也肯定说不上来,所以始终找不到下台阶或遮羞布,表情非常狼狈。在世行、亚行与 IMF 中,牛仔国都有一票否决权,难道这就是她所谓"高标准"的由来或基础? 我想中国人将有自己的高标准、大原则,不需要牛仔国来指手画脚、说三道四。

常言道：得道者多助，失道者寡助！我敢断言，指挥棒失灵之事，日后必将屡见不鲜！白宫当权者是否应多备些镇定剂？

（2015 年 3 月 21 日）

拍蝇、打虎、猎狐

2013年12月我在《新领导、新风格》一文中说过,"自十八大以来,以习近平为首的新领导人,不断展现新的政治风格,给人印象很深刻"。

看来我的直觉相当敏锐。仅仅再过一年,习近平敢做敢为的新风格,其广度与深度都超出我的预期。除了拍蝇、打虎,还加上猎狐,怎不令世人刮目相看?

拍蝇与打虎都不算是什么新鲜事物,早在上世纪四十年代末,老蒋曾派小蒋到上海,去对付官商勾结、大发国难财,还夸下海口说"只打老虎、不拍苍蝇",时称"打虎运动"。结果如何?不到两个月就以失败告终:老虎打不到半只,连苍蝇也拍不到几只,难怪一年过后蒋家王朝终被推翻了!

当年老蒋想打的只是上海一地的老虎,尚且如此困难,而中国这么大,苍蝇、老虎又这么多,你想要在全国范围内"苍蝇老虎一同打"，谈何容易呀？在江泽民、胡锦涛时代，也曾有过拍蝇打虎，但如今看来成效不彰。我认为原因有三点：一是脱离毛泽东所倡导的群众路线，不敢鼓励群众监督、举报贪官污吏；二是缺乏完善的法规制度，监管党政干部，"把权力关进制度的笼子里"；三是放弃对干部的思想教育，不再使用"批评与自我批评"这一利器。

有鉴于此，新一回合的反腐肃贪，必须对症下药，才有可能取得预期的功效。

苍蝇老虎遭受痛打，有些既然蜕变成狐狸，逃亡海外，"猎狐2014"随之跟进，而且取得令人鼓舞的政绩——去年共捕获680只狐狸，主要来自美国、加拿大、澳大利亚等。狐狸以狡猾称著，比苍蝇老虎更难对付。有些可能故意发表反华言论，佯称遭受政治迫害，寻求外国的政治庇护；有些可能摇身一变，成为外国的投资移民，即归化为某国公民；有些可能把黑钱漂白，然后转移到其他人名下。因此，除非获得世界各国政府的鼎力支持，猎狐行动恐怕是"路漫漫其修远兮"！

为了猎狐，中国政府已做了大量工作，包括1）促成去年APEC会议各国签署《北京反腐宣言》；2）和外国已经签订了39项引渡条约；3）和外国签署了52项司法协助条约；4）已经同93个国家签订了检务合作协议或谅解备忘录；5）另外，与198个国家建立了警务合作关系。

然而,如何落实这一系列的国际合作条约?对方是否愿意合作?或在多大程度上给予支持、协助?恐怕还是个未知数。我想只要实现60%的目标,就算是成功了!

(2015年2月28日)

潘金莲竹竿的魅力

朱大路主编《杂文三百篇》(1998年文汇出版社出版)内有一些佳作,元洪的《潘金莲竹竿》即其中之一。

文章短小精湛(仅数百言),取材新奇,构思巧妙。先说特殊"竹竿"的由来,再讲一则起价百万元的竹竿拍卖会广告,"即刻引起轰动","记者蜂拥而至,专家纷至沓来"。经过文物专家鉴定,"确实是潘金莲当年使用过的竹竿,而且恰巧就是打着西门庆脑壳的那一节,缝隙还存有西门庆头皮屑一块"呢。因此,有人撰文说,"这是研究《水浒》和《金瓶梅》两部巨著的重要实物资料,堪称稀世珍品,价值连城"。真是妙哉奇也!

原以为接着是写拍卖会盛况,不料作者笔锋一转,说"有人呼吁:国宝不能外流"!竹竿主人"西门不二为顺应民心,宣布取消拍卖会"。同时,"为了进一步阐发竹竿的学术价值和社会意义",西门氏马上成立"潘金莲竹竿学术研究会"与"文化名人潘金莲纪念馆"。

另外,据报道,有人开设"三寸金莲博物馆",对馆中遗物展品,有人考证某些三寸金莲的主人,还有人考证缠脚布文化的起源及其演变!据说这些都是中国国粹呢!

(2015年2月21日)

天下奇闻又一桩

一个山清水秀的地方，住着一大群人，自在又逍遥。不幸来了几船海盗，把地方占为己有，民众都沦为奴隶。

过了一段长日子，又来了大帮倭寇，不费吹灰之力，把海盗给撵走了。倭寇更加残暴无道，奸淫掳掠，杀人放火，无恶不作，十几万人死于非命。

民众终于觉醒，不愿再继续做奴隶，毅然联合各族同胞，拿起枪杆子抗倭寇、反海盗。他们前赴后继，抛头颅、洒鲜血，奋不顾身！

最终，倭寇、海盗都赶走了，民众胜利了，再成了地方上的主人。然而，从此奇闻怪事多，无一不让他们惊讶、困惑、无奈，比如公鸡下蛋啦，母鸡叫早啦，蛇鼠同窝啦，时有所闻。

最近又竖了一道纪念碑，据说是用来纪念那些为海盗、倭寇卖命的烈士，或许还包含海盗、倭寇头目在内呢。

天下奇闻又一桩，不禁让人想起当年赵高指鹿为马！

诚然！诚然

台北柯文哲市长日前接受美国媒体专访时，说"从文化角度看，殖民化时间越长越进步，新加坡比香港好，香港比台湾好，台湾比大陆好，原因就在于此"（大意）。

诚然！诚然和我个人的想法不谋而合：如果没有百余年的殖民统治，没有莱佛士带来英国人的先进价值观与道德观，新加坡哪能有今日的文明进步？恐怕还是个野蛮落后的渔港呢！柯市长不是想要台湾超越新加坡吗？那很好办嘛：只要让台湾重归大日本帝国的怀抱，或者改当美利坚帝国殖民地一两百年，肯定可以成为四小龙之首，并让其他三小龙永远望尘莫及。

诚然！诚然和高等香港人的高尚诉求完全一致：他们朝思暮想回到殖民地时代，游行示威时不断地挥舞着米字旗与星条旗，还多次到"祖家"（伦敦、华盛顿）去舔大腿、求回家。看来得重读黄岩君的诗作《殖民地遗孽》："藕断丝连梦亦同，梦中呓语共诉衷；思君远去离别日，誓愿追随紧跟从。"（录自多伦多南大校友网站）这篇佳作的价值，在于其概括性很好，适用不止一处或一类的遗孽。

诚然！这学说诚然可以推广运用到所有的前殖民地。例如：在东盟十国中，菲律宾是最幸运的，它先当了三百余年的西班牙殖民地（1571—1898），后又当近半个世纪的美国殖民地，充分吸收了两种不同的西方语言与文化。它诚然是十国中最文明进步的（也得从文化角度看），要不然，怎能成为女佣出口大国？在新、港、台三地乃至欧美，菲佣怎能最受欢迎？（英文万能论万岁！万万岁！）

诚然！这诚然是一种很有深度、有见地的历史观，如果写成学术论文，发表在欧美的历史学刊，照理可以获得诺贝尔和平奖，只可惜柯市长似乎慢了一步。针对大陆的贫穷落后，早在几年前，人家刘晓波教授就提出"殖民化有益说"。他的原话是："香港一百年殖民地变成今天这样（文明进步），中国那么大，当然需要三百年殖民地，才会变成今年香港这样，三百年够不够，我还有怀疑。"因此，在 2010 年他荣获了诺贝尔和平奖！这桩大事柯市长应该略有所闻吧？为何要侵犯人家的知识产权？莫非只为了"语不惊人死不休"？

诚然！五十年的日本皇民化，对像柯市长这类的台湾人来说，诚然还远远不够、远远不够！Sodeska？

（2015 年 2 月 7 日）

再读鲁迅的《阿金》

杂文《阿金》的第一句,便是"近几时我最讨厌阿金",文中还重复了"讨厌她"与"最讨厌阿金"。究竟为什么?是因为她是个爱胡闹的姨娘(女佣),闹得周遭鸡犬不宁,致使鲁迅先生无法安心写作?表面上似乎是这样,但事实上决不然。

《阿金》的寓意深刻,发人深省,例如鲁迅写道:"文章做不下去了,有时竟会在稿子上写一个'金'字。但我们也得想一想她的主子是外国人,被打得头破血出,固然不成问题,即使死了,开同乡会、打电报也都没有用的,——况且我想,我也未必能够弄到开起同乡会。"阿金敢于胡作乱为,完全不把别人放在眼里,鲁迅也不例外,显然依仗租界主人的势力。

在1920年代的上海,曾出现"华人与狗不准进入"的告示牌。租界内洋人横行跋扈,司空见惯,文章多少也折射一些。如说"但那洋人就奔出来了,用脚向各人乱踢,她们这才逃散,会议也收了场。这踢的效力,大约保存了五六夜"。因此,凡是依仗外国势力者,不论是文人墨客,还是买办管家,鲁迅先生都最厌恶、最憎恨。由此我们就不难理解他为何"最讨厌阿金"了。

阿金遭解雇之后,鲁迅"还讨厌她,想到'阿金'这两个字就讨厌;在邻近闹嚷一下当然不会成这么深仇重怨,我的讨厌她是因为不消几日,她就摇动了我三十年来的信念和主张"。这段话也颇值得玩味、深思,至少肯定了"闹嚷"不是"最讨厌"的主因——甚至不是原因。

另一关键性句子:"以后总要少管闲事,要炼到泰山崩于前而色不变,炸弹落于侧而身不移"。鲁迅这话与其说提醒自己要明哲保身,不如说讽刺当权者要他"少管闲事",封笔闭嘴,以落实当年的"文化剿匪"!(按:1934年1月《汗血》月刊第2卷为"文化剿匪专号")

与此同时,"军事剿匪"正在进行中,所以文章内提及"炸弹"、"巷战"、"战争"、"和平",或许也弹出了弦外之音,暗示要读者关心国共内战,使得南京当权者感到不爽、不安呢!

尽管鲁迅在《且介亭杂文》附记中,说《阿金》"不过一篇漫谈,毫无深意",不料报刊检查老爷的鼻子,比狗的还灵敏呢,自能嗅出言外之异味来。

鲁迅告诉我们:(1934年)"《阿金》是写给《漫画生活》的,然而不但不准登载,听说还送到南京中央宣传会里去了……后来索回原稿,先看见第一页上有两颗紫色印,一大一小,文曰'抽去',大约小的是上海印,大的是首都印,然则必须'抽去',已无疑义了。……看了杠子,有几处是可以悟出道理来的。例如'主子是外国人'、'炸弹'、'巷战'之类,自然也以不提为是。"(《且介亭杂文》附记)

"我们活在这样的地方,我们活在这样的时代",是《附记》篇的结束语,可谓寓意深长啊!

(2015年2月1日)

阿 Q 的户籍问题

小说《阿 Q 正传》出版后,即刻轰动一时。于是有人要把它改编成话剧,以便公开演出,却面对一个故事背景问题——也就是阿 Q 的户籍问题。

阿 Q 的故乡在哪儿?小说写明在"未庄",但它是个虚构的空间,所以话剧《阿 Q》只好放它在"绍兴"。对此,鲁迅既不反对也不赞赏,他说:

"假如写一篇暴露小说,指定事情是出在某处的吧,那么,某处人恨得不共戴天,非某处人却无异隔岸观火,彼此都不反省。一班人咬牙切齿,一班人却飘飘然,不但作品的意义和作用完全失掉了,还要由此生出无聊的枝节来,大家争一通闲气。"(见鲁迅《且介亭杂文》页 209)

鲁迅先生这段话很精辟,言下之意就是:阿 Q 不需要户籍,即属于"无户口的中国籍",小说(或话剧)才能充分释放其警世醒人的正能量。《阿Q正传》的轰动而持久的社会效应,就源自于此,因为有些"才子学者",觉得鲁迅写阿Q是"为报私仇","而疑心到像是写自己,又像是写一切人"(鲁迅语)。于是有人对号入座,咬牙切齿;有人坐立不安,咒爹骂娘;还有人沉默不语,深思反省。

我想:假如有一天,阿Q复活了,户籍问题仍然存在。届时,我敢肯定北京不要他,上海不要他,绍兴也不要他了,全国的省区市县都不要他"入籍"。那他将如何是好?他似乎没有选择权,只好继续保留"无户籍中国人",或者当"中国籍未庄人"。也或许只有这样,鲁迅在天之灵,才感到欣慰吧?

当然,复活后的阿Q如果得到钱大爷的资助,移居到南洋岛国来,又当别论了。

(题外话:《阿Q正传》中的赵太爷、钱大爷、假洋鬼子如也复活,入籍北京、上海应该没问题。)

(2015年1月12日)

莱佛士们的历史贡献

莱佛士这个历史人物,在一些人的嘴上是英雄好汉,在一些人眼里是名片品牌,但在另一些人的心中却又是邪恶的殖民主义者的象征或化身!

那么,究竟历史真相如何?应该如何评价、定位?还是让历史本身来说话吧:

莱佛士占领新加坡后,英国人(殖民主义者)不久就把它变为加工、储存、分销的"鸦片中心"(centre & entrepot)。他们从印度进口鸦片,加工后除了供应新马及其他东南亚地区,主要是走私到中国去,因而在十九世纪中叶导致两次"鸦片战争"。[1] 之后,由新加坡输往中国的鸦片竟然公开化、合法化,所以数量倍增、获利

---

[1] 在1819年之前七年间,东印度公司卖到中国的鸦片,每年不到5000箱;自从新加坡成为鸦片中心后,每年数量直线上升,到1832年已达24000箱,可见莱佛士们的贡献多大!

更大。这显然是莱佛士们"文明与进步的价值观、道德观"的体现,也是他们对人类历史的一项贡献!当然还需要子孙们来为他们涂脂抹粉、树碑立传。

另一特殊贡献是:为了增加殖民地政府的收入,而将赌博、娼妓合法化、规模化——还有从东欧进口妓女呢,同样值得载入史册。或许你也觉得此二者都不道德、不人道,是仁慈的上帝、佛主所不容,但属于"不得已而为之"。因为来自"鸦片中心"的收入虽然非常可观,约占总税收的50%,还是不足够、不满足需求的。

姑且撇开赌博税、娼妓税不谈,单单是鸦片"贸易"就是一种反人类的恶毒的社会行为,任何有点良知理性的人都应认同这一论断,不论其国籍、肤色、宗教。例如著名的澳大利亚历史学者Carl A. Trocki 除了强调"整整一个世纪",新加坡曾经是东南亚"鸦片中枢"(Opium Central)之外,还在其著作中指出:苏伊士运河以东的英帝国(即殖民地政府)"在本质上是个毒品垄断集团"(essentially a drug cartel)。它与从事贩卖"猪仔"、为非作歹的华人私会党,狼狈为奸,从事不道德的勾当。[①]

身为鸦片"贸易"的历史见证者,英国学人蒙哥马利·马丁(R. Montgomery Martin,1801 - 1868)也称英鸦片贩子为杀人

[①] 见 Opium and Empire: Chinese Society in Colonial Singapore, 1800 - 1910, by Carl A. Trocki 第三章 Opium and the Singapore Economy

犯,比起奴隶买卖更可恶。他这样写道:"奴隶贸易比起鸦片贸易来,都要算是仁慈的。我们没有毁灭非洲人的肉体,因为我们的直接利益要求保持他们的生命;我们没有败坏他们的品格、腐蚀他们的思想,也没有毁灭他们的灵魂。可是鸦片贩子在腐蚀、败坏和毁灭了不幸者的精神存在之后,还杀害了他们肉体。"

鸦片合法化存在狮城百余年,尽管1943年日本人曾颁禁令,但据联合国秘书处1958年文献,战后鸦片问题继续存在,直到1950年代中叶。[1]

总之,如果我们说莱佛士们是靠贩卖鸦片起家发财的,应该错不了吧?而那位自称为"土生华人"第七代的网友,不知凭什么颂扬他们的价值观、道德观?莫非他或她的祖先也参与其盛?

(2015年1月12日)

---

[1] 联合国秘书处"毒品与犯罪问题办公室"

人云亦云

　　人云亦云是人们的通病,古今中外皆有之。这个通病的根源在于人性中普遍存在的惰性与惯性:前者使人不愿伤点脑筋,进行独立思考、探索,而宁可轻信别人的话语;后者则是惰性的延伸,属于羊群心理或盲从心态,总觉得既然"大家都这么说,肯定错不了"。

　　让我举个实例来说明吧。近几年来,即自从奥巴马上台以来,我们经常从媒体上看到听到所谓的美国"重返亚太",以及其"亚太再平衡"战略。这两种说法,经过美国政客的大力鼓吹,及其仆从的热烈响应,加上各种媒体的不断炒作,如雷贯耳,已由"似是而非"变成了"千真万确"。就连一些专家学者也人云亦云,跟着相同的调子跳探戈,非常滑稽可笑!为什么我敢这么说?

　　常识告诉我们,要有"离开"才有"重返"。当奥巴马或希拉里说"We are back to Asia",我们不禁要问:二战结束至今,山姆大叔您曾经离开过亚洲或亚太吗？在哪年、哪月、哪日离开的？既然从未离开，哪来"重返亚太"之事？这说法难道不是蓄意歪曲事实、忽悠世人？

至于"亚太再平衡"之说，同样荒唐可笑，同样是欺骗、误导世人的西洋镜，必须予以揭破！

众所周知，自二战结束后，美苏成为两大超级强国，进行冷战，争当霸主，而美国势力还在苏联之上，在亚洲也是如此。上世纪90年代初，苏联解体、东欧变色，美国成为独一无二的世界霸主，当然也是唯一的亚洲霸主，至今没有多大改变。尽管中国和平崛起，综合国力不断上升，但和美国势力仍有很大差距，实力对比的天平明显向美方倾斜，试问"亚太再平衡"之说如何成立？是否应该是：美国把部分势力撤出亚太，才能实现中美势力的均衡？

总之，美国所谓"重返亚太"与"亚太再平衡"之说，都属于信息的造假传假，乖离历史的、当前的客观事实十万八千里。其用意显然在于掩盖美国继续遏制中国的战略意图，美化、强化其继续称霸世界的霸权主义行径！

对于"重返"与"再平衡"，我们千万不要信以为真，人云亦云！

（2014年12月29日）

手杖

作为一种特殊的工具,手杖的历史很悠久,它和人类同时出现。在人类进化过程中,手杖对原始人类(猿人)的直立,或许曾起着某种作用。后来手杖不断演变,形成了三种基本类型,即权杖、节杖与拐杖。

权杖是权力与威望的象征,除了代表王权(皇权)、教权,还可用来代表军权(帅权)、法权的至高权威。考古发现表明,古埃及法老和古罗马皇帝都使用过权杖,并且成为欧洲的一种历史传统。欧洲帝王所持的权杖,多用金银等贵金属打造,做工精细,有些还镶嵌宝石,装饰华丽美观。

古代中国也有使用权杖,材质为硬木、青铜和玉石三种,但后来由玉玺取而代之。值得一谈的应是节杖,因为它虽非中国所独有,但在历史文化上显得比较突出。古代节杖(亦称符节)多用竹制成,顶端缀以牦牛尾毛,是帝王授予使臣的信物、凭证,除了象征使臣的气节操守、和平友好,还象征帝王的权威。因此,《汉书》中记述苏武持节牧羊的故事,家喻户晓,而"苏武节"更为后人所称颂。"使节"一词即由此(节杖)而来。(《苏武传》:苏武"杖汉节牧羊,卧起操持,节旄尽落。"此后,自唐至清,称颂"苏武节"的诗歌,多达32首,其中最著名的是文天祥《正气歌》。)

新马的闽南话、潮州话、海南话都把拐杖叫做tongkat,源自马来语。它是体弱的老年人、残疾人的恩物、助手,但一般人都不爱使用,甚至"避之则吉",除了某些登山者之外。这是因为在一般人眼里,如果使用tongkat,就意味着你的腿脚有毛病,还告诉他人你是个体弱者。不过,凡事都有例外:据说某家族大企业的总裁,居然对拐杖情有独钟,打从继大位那天起,他便拥有两根特制拐杖,竖立在总裁办公桌两侧,左右各一,当成了权杖来使用。看来他缺乏历史常识,不知世人憎恶权杖,因为当年墨索里尼所鼓吹的法西斯主义,其字面意思就是"权杖主义"(意大利语法西斯即权杖)。此外,尽管他年轻健壮,腿脚正常,出门在外也"杖不离手"。难怪令人费解,啧啧称奇,早已传为世人茶余饭后的佳话美谈,也必将和"苏武节"一样流芳百世!

(2014年12月22日)

中国南海造岛，缺乏战略逻辑吗

2015年10月29日，英国《金融时报》发表社评，题为《中国南海造岛缺乏战略逻辑》。对于美国军舰闯入中国南海岛礁，该文作者感到很兴奋，

因为美国"表明了自己不承认中国对距中国大陆数千英里以外的水域的主权声索"。可是，我们不禁要问：福克兰距离英国本土有多少英里？关岛距离美国大陆有多少英里？当然，他更不敢说出中国拥有南海诸岛的的历史及其法理依据。

社评文章又说："随着中国通过造岛计划（而非通过国际法律体系）推动其在南中国海的领土主张，北京方面可能会犯下战略失误，可能会破坏一直以来对其自身崛起至关重要的和平贸易环境。"

这话同样荒唐可笑，因为南海岛礁自古就是中国的领土，中国对南海岛礁的主权，拥有足够的历史依据与法理依据，根本不

需要依靠什么"造岛计划"来"推动领土主张"。

尽管社评指出,有人认为"美国做出的挑衅举动是没有必要的",因为"没有证据证明中国打算利用其海上领土主张破坏太平洋的航行自由"。"另一种观点认为,作为一个新兴超级大国,中国自然会寻求在其临近地区建立势力范围,抵制是没有意义和危险的"。

然而,对于以上的两种观点,社评并不赞同。它说"美国对中国'势力范围'概念的反对是正确的:这个'势力范围'将令中国能够维护遭其邻国反对的领土或海上主张,而且中国的做法很可能经受不住国际法的考验"。它所谓的"势力范围",指的是早在1947年就出现中国南海地图的断续U型线,而绝对不是近年出现的什么"主张"或"观点"。为什么美国说,它对南海主权争端不持立场?这是因为:数十年来国际社会对断续U型线不存异议,包括美国在内的各国(俄、英、法、德、日)地图都曾经标明南海岛礁属于中国,直到1990年代才开始出现问题。

该社评接着说,中国"奉行一种受国家面子驱动、但缺乏战略逻辑作支撑的政策的风险……然而,即便中国能将整个南中国海变为中国的一个湖,它也无法确保为其经济提供物资的各条海上通道的安全,因为这些通道一直通向印度洋和波斯湾"。这段话最为荒唐可笑,因为维护南海岛礁的主权,绝非"受国家面子驱动",而是中国人民赋予的历史使命!中国人当然很清楚:单单确保南海通道的安全是不足够的,马六甲海峡、印度洋、波斯湾对中国都很重要,所以她必须打造一支拥有五六艘航母的深蓝海军。这是完全合乎逻辑的战略选择!南海造岛只不过是走向深蓝的第一步。

该文作者显然不愿见到中国的航母舰队,对于中国的东风系列导弹(航母杀手)更耿耿于怀,并试图否定其作用。他是这样说的:"航空母舰是美国在太平洋实力的基础,中国向海军和可能威胁航空母舰的新导弹投入资金,可能会引发美国不必要的对抗。但这对解决中国的潜在安全难题作用不大。"是耶?非耶?大家可以见仁见智,我不是军事专家,不敢妄下结论。

作为世界上最大的贸易国与航运国,中国必须努力维护航行自由,别无其他选择。所谓"一带一路大战略"中的"一路",指的就是"21世纪海上丝绸之路",其作用是"陆上丝绸之路"所不能取代的!

总之,在南海造岛以保障南海航行自由,通畅无阻,同时加速建设强大的深蓝海军,来保护中国的商船队伍,是完全合乎逻辑的、唯一正确的战略选择!任何人的说三道四,都将无济于事——无法改变中国这一战略选择。

(2015年11月10日)

写给孙女晓彤

晓彤，

　　得知你在"上中"联络一些同学，成立了一个小团体，自己当了"小领导"，并打算在10月15日到云南的穷乡僻野，协助某小学成立图书室，我和你奶奶都很惊喜。

　　惊的是，我们没想到你这朵在温室里成长的娇嫩小花，自动自发去接受风吹、雨打、日晒；喜的是，我们眼里出现一个很棒的孙女，不但学业成绩优异，出类拔萃，而且很有爱心、有善心，主动伸出援手，帮助那些远不如自己幸运的小朋友。

　　爷爷在中学时代，除了爱书如命，也爱好各种课余活动，给自己带来不少快乐、好处。当年新加坡经常发生水灾，农村遭水淹（如波东巴西一带），我们放学后就到处收集衣物食品，送给灾民，或者帮助灾民清理灾后的烂泥巴。

　　回想当年，为了争取独立建国，我们很多华文中学生参与"签名请愿运动",冒着酷暑烈日,到各处去要求大家在签名册上签名或盖手印。按照殖民地的"紧急法令",这属于"非法活动",但我们不害怕,根本不在乎。

在1950年代,因为日本南侵,很多人失学。为了让他们再受教育,当时有不少社团(如校友会)开设免费夜学班,爷爷曾当过夜学班的义务小老师。学生们的年龄和我的相仿,都是十六七岁,你说有点意思吧?

爷爷重提这些陈年往事,主要是告诉你:帮助别人就等于帮助自己,因为很多知识、能力,比如组织能力、领导能力,都是书本上、课室里学不到的,你很快就会体会到这一点。好比你学游泳,单看录像,不下水去练习,永远学不会,你说是吗?

相信你知道,从事这项很有意义的实际工作,事前必须做好充分准备,包括拟定计划、设定目标、分配人手、收集书本,以及设想可能遇到的各种困难等等。不知道你们的准备工作进行得如何?

到穷山沟去,你一定要有充分的心理准备:和上海相比,那里的各种条件都很差很差,不论是你们的交通、住宿、食物,还是学校的教室、厕所、环境,恐怕都是你想象不到的,所以预先要做好最坏的打算。

不管做什么,一定要尽心尽力,设法把事情做到最好。这是个基本原则,你同意吗?然而,往往事与愿违,"缺陷"总会出现在

"圆满"之前,"挫折"有时甚至尾随在后。当然,如果换个角度来看,不论结果如何,你跨出这一步,获得宝贵的经验,本身已是"成功"了一半。

我预祝你们成功,但即使踢到石头,摔了一跤,也没什么。我们年轻时,最流行歌词里的一句,就是:

跌倒算什么、算什么？我们骨头硬,爬起来再前进!

永远爱你的

爷爷

2014年10月1日

收费比赛

世界上有两大类比赛：一类是体力＋技巧的比赛，如田径、游泳、球类等，另一类是脑力＋技巧的比赛，如象棋、桥牌、麻将等。至于"收费比赛"，显然属于新兴的或非传统的，所以恕我暂时无法把它归类。

如果您说当权者是否精明能干，首先体现在收费比赛的力度与技巧之上，我完全赞同。以轿车收费比赛为例：入口税、附加税在抵岸价150％或以上；拥车证又相等于车价的100％或以上；路税与汽油税都是全世界最高的。不仅如此，使用公路或进入市区，还得付多重的买路钱、入城费，以及高昂的停车费，充分体现了 Paid & Paid 的收费先进理念。

说到收费方法的创意、先进，更令许多外国人称羡不已：只要在路旁或空地上插个牌子，划上长方形格子，人们就得乖乖送上钱来！而且更绝、更妙的是，利用"固本"（已使用很多年），打破

"用时付费"的惯例常规,改为"未用先付"制(Pre-Pay System),所以取得"低成本、高收益"的利益最大化的经济效果。人们对此种高明的敛财之道,虽有怨言但又能奈何?姜太公钓鱼,愿者上钩嘛!难道您忘了他们的注册商号,不就是P&P Pte Ltd吗?

既然是比赛,就有名次和冠亚军,收费比赛也不例外。现撇开国内赛不谈,弹丸岛国在国际赛中的表现,异常突出,闻名遐迩。在世界排名中,如果误列第二,没人敢居第一。有鉴于此,前来"取经"者,络绎不绝于途,其中最值得关注的,当然是那个泱泱大国。据说和当年唐僧玄奘西行取经一样,如今市长们不辞千里迢迢,机车劳顿,都是为了"取经"而南来的咧!

在"市长进修班"上,他们究竟取得了哪些或多少"真经",我们不得而知,但有一点似乎可以肯定:不虚此行!在吃喝玩乐之后,收费比赛早在各市镇之间,如火如荼地展开了,并且青出于蓝而青于蓝呢。过去不收费的公园、博物院、名人故居等等,如今也收费了;过去只是象征性收费的名胜山川、旅游景点等等,如今却要按"国际标准"收费,与"国际接轨"了。

岛国的国内收费赛事还未结束,不久前将邻国汽车入境费,从每天20元提高到35元(近90%),幅度十分惊人!"礼尚往来,来而不往非礼也",于是对方也有样学样,不甘示弱,大幅度增加车辆过境费。目前,一项国际收费比赛正在热烈进行中,胜负一时难以分晓。不过,这种意气用事、杀鸡取卵的"比赛",是很短视、很愚蠢,对两国的友好关系伤害极大?还是很合理、很明智,对双方的经济合作有利无害?咱们还是拭目以待吧!事实将会说明一切的。

为何要有收费比赛?常言道:欲加收费,何患无辞?他们总"有很好的理由"(with very good reasons),譬如:控制汽车数量,避免交通拥堵啦;减少参观人数,保护名胜古迹啦。然而,这些理由都似是而非,因为人们不禁要问:高收费之后,公路上的汽车减少了几辆?交通由拥堵变得顺畅了吗?

在黄金周,著名旅游景点的人头减少了多少个?人头看人头的怪现象改变了吗?

(2014年10月黄金周前夕)

牛仔国的代言人

在最近的一个国际论坛上,有人对共同建设海上新丝绸之路的倡议,提出令人啼笑皆非的"高见":创议者必须先解决所谓的"信任赤字"问题。他认为,"中国应该说明,中国并不试图借此塑造势力范围,不排除其它大国参与,也不寻求主导本地区的经济与政治"。

更荒唐可笑的是,这位目不识"丁"者,就像一只老鹦鹉,仅会重述几句简单的"主人话",连拾人"牙慧"也谈不上。这包括什么重建"朝贡关系"啦,保障"航行自由"啦,遵守"国际公法"啦,都是牛仔国政客、媒体的口头禅,连他们家养的鹦鹉都会说了。

在西方人东来之前的千余年间,中国与南海诸国的确存在朝贡关系,这点无需讳言、回避。但是,这种历史上的朝贡关系是如何形成的?它的性质、意义、作用又如何?我敢说此人并不理解,也永远不能理解,因为他永远看不懂"二十四史"关于朝贡的真实记载。

就我所知,"中国威胁论"有两大版本,一是早期流行的"骨牌论",另一便当今泛起的"朝贡论"。可见他在暗示"信任赤字",来自中国对南海诸国的威胁——"试图借此塑造势力范围",以及重建"朝贡关系"。这种言论和牛仔国的发言人,居然同一鼻孔出气,唱完全相同的调子,让牛仔们觉得非常委婉动听!

众所周知,历史上的丝绸之路,无论是陆路还是海路,无论在哪个朝代,都是名副其实的和平友好之路,是经济文化交流之路。当今中国所要继承的正是这一历史传统,根本不存在试图建立什么"势力范围",更与什么"朝贡关系"风马牛不相及!

自汉代以来,中国与南海诸国便建立了海上交通、经济交流,南海便成了和平友谊之海,航行自由从来不成问题,即使是中华帝国的海上势力无比强大时,如郑和七下西洋时,也还是如此。如今,中国是世界最大贸易国,商船在南海航行数量之多,前所未有,她对航行自由的重视、关注,决不亚于牛仔国或任何一个大国。其实,数十年来,南海的航行自由,包括在九断线内的航行自由,一直持续不断、毫无障碍,拿它来说事岂不暴露自己的愚昧无知?

倡议中的海上新丝路既然是由中国和相关国家共同构建,主要为这些国家的经济服务,那么,为什么需要无关的域外国家介入、参与乃至主导?所谓"不排除其它大国参与",就更令人费解,更令人啼笑皆非了！至于中国与南海诸国的经济合作,互利双赢,必须有个主导者,而中国当仁不让,是件顺理成章的大好事,对各国皆然。然而,此人竟然说中国不可"寻求主导本地区的经济",如此缺乏常识的幼稚言论,真令人拍案叫绝啊！

牛仔国发言人有个明显特点：对不存在的事物,一口咬定它已存在或将存在,而对客观存在的事物,视而不见。例如：牛仔国的军事基地遍布全球,拥有世上最牛的海军,并且不断在海上耀武扬威,对航行自由构成最大威胁。同时,它不签署、不承认、不遵守联合国所制定的海洋公约,把公海(含海洋经济区)都当成自己的领海,来去自如。这是发言人最忌讳的,因为他哪有资格谈论海洋法与航行自由？

它的这位代言人,也同样具备这个"做贼心虚、贼喊抓贼"特点,可说是彼此心有灵犀一点通！

(2014年9月13日)

偷窥成癖

据报道,世界各大百货商场,每年都有一些小商品被人偷窃。绝大多数偷窃者并不是没有钱购买,而仅仅是为了满足自己的偷窃癖好。对这种癖好的成因,心理学家似乎没有任何答案,可供我们参考。

和偷窃有些相似或相关的,是窃听与偷窥。后二者相关性极大,均与本文题旨有关,故在此合为一谈,略抒己见。

偷窥(含窃听)可分为两大类:一类是"个体户"的或个别的,另一类是"家族式"的或集体的。

一些性心理变态者,老爱想方设法,偷窥女人如厕、更衣、沐浴,甚至用微型相机,偷摄"裙内风光",用针孔摄影机,偷拍男女做爱镜头。当然,一旦被人发现,逮个正着,送交法办,很丢人现眼。这些花边新闻,在大小报章上屡见不鲜,似乎没有什么新闻价值了。

如今比较有新闻价值的,是牛仔后代的集体偷窥成癖。当年牛仔作恶多端,滥杀无数的红印地安人,恐怕对方报复,夜半敲门心便惊,完全没有安全感。因此,牛仔家家拥有枪械,而且往往不止一把、一种,这一优良传统延续至今。

对于牛仔后代来说,单单拥有各种杀伤力最强、最多的武器,如核弹、中子弹、细菌弹、"臭屁弹"并不足够,因为这些东西一来没有给自己带来"绝对安全感",二来不能显示自己是 World No 1——而且还想当"世界老大"一百年呢!于是乎,窃听+偷窥便成了牛仔后代的"行为常态"或"高尚行为",尽管遭到世人的嘲笑、公愤、谴责,也无动于衷,不以为耻,反以为荣。

常言道:恶人总爱先告状,做贼老爱喊抓贼。不料牛仔家内有个年轻人良心未泯,无法容忍,公然揭发牛仔窃听恶行,全世界震惊、哗然。因为牛仔窃听对象不仅限于"恐怖分子"与"假想敌人",还包括自己最要好的哥们、最亲密的盟友,真是匪夷所思,难以置信啊!

为了满足自身的偷窥癖好,牛仔不辞劳苦,从迢迢千里来到某大户人家的门外、四周,使用各种各样最先进的工具、手段,如GPS、无人机、高清摄像机、X线波雷达,等等,连续不断偷窥别人家中的一切。除了人家如厕、沐浴、更衣、做爱,牛仔最感兴趣的还包括人家的烹饪、用餐、宴会,乃至栽花剪草、练功习武。这种下三烂的流氓行径迟早会引火上身,如有一朝被人打瞎眼睛、打歪嘴巴，那就大快人心，拍手叫好了！

毫无疑问，窃听偷窥权是治外法权的延伸，是凌驾于国际公法之上的一种既卑鄙又野蛮的行为——而且只有打遍天下无敌手的恶霸，才能享有的"老大特权"。至于它和西方所宣扬的自由、民主、平等、正义、法治、人权等"普世价值"，是否也有相似或共通之处？那就当别论或由牛仔家的看门狗随意乱吠！

(2014年9月6日)

井蛙与夏虫

井蛙与夏虫,是中国文学的重要素材,就我所知,它们最早出现于《庄子》一书,至今已有二千余年。

庄子的哲理散文,亦称寓言,多颇有意思,如《秋水》外篇说:"井蛙不可以语于海者,拘于虚也(受空间的限制);夏虫不可以语于冰者,笃于时也(受时间的限制)。"这两句话意思颇为相近,只是强调的重点稍微不同。

井蛙也叫井底蛙,一生都活在枯井或水井里,从未见过大海、江河、湖泊。如果你和它们谈论大海,告诉它们大海如何辽阔无边,波涛汹涌,它们是不会相信的,所以"不可以语于海"。即便告诉它们,江河又长又阔,湖泊景色宜人,都也比水井美好得多,它们同样难以理解,所以和它们的交流毫无意义。至于你告诉它们:它们头顶上的天空,更是无边无际、变幻莫测,旭日和夕阳都很美丽,但对坐井观天的井蛙来说,它们又能看到什么意义？凡是它们没见过的事物，要么质疑要么否定，甚至罔顾事实，信口开河，和人狡辩不休，令人十分反感。

不消说，井蛙安于现状，觉得枯井或水井都很安全、很舒适，只要能捕食蚊虫，又能养育下一代，管它什么海宽天阔？

夏虫是指在夏天才出现的昆虫，种类繁多，但最令人讨厌的是苍蝇和蚊子。它们是带菌者、吸血者，也是疾病的传播者，属于毛泽东所说的"害人虫"。幸亏它们很短命，到了冬天都冻死了。和井蛙相比，夏虫或许稍有见识，至少它们见过小河、水塘、天空。但如果你请它们鉴赏"江山如此多娇"，那无疑是枉费心机：

> 北国风光，千里冰封，万里雪飘。
> 望长城内外，惟馀莽莽。
> 大河上下，顿失滔滔。
> 山舞银蛇，原驰蜡象，欲与天公试比高。……
> （毛泽东《沁园春·雪》）

从来未见过冰雪的夏虫，不论是苍蝇还是蚊子，哪能领略冰天雪地的奇观美景？更甭说人类和许多动植物对冰雪的心怀、情缘了！

无知并不可怕，可怕的是夏虫自大与偏执，自以为是，到处拾人牙慧，盲目吹嘘所谓的"普世价值"：唯有夏天最可爱，冬天不该存在。它们嗡嗡的凄厉声,令人异常厌恶,难怪《庄子》在说"夏虫不可以语于冰"之后,还加上一句"曲士不可以语于道"。庄子告诫我们:夏虫和"曲士"一样,对它们都没有什么"道"可讲,即便摆事实、讲道理,也是白费唇舌,枉费心机。而毛泽东对未曾见过冰雪又爱嗡嗡叫的苍蝇,则因不耐其烦,而留下一句名言:"梅花欢喜漫天雪,冻死苍蝇未足奇"!

(2014年8月20日)

挑战与机遇:让独中继续走出国门

(在 2014 年世界华文教育论坛的发言稿)

就我所知,马来西亚是中国(含港台)之外,唯一存在比较完整的华文教育体系的国家,而民办独中更是其最大特色。在华文教育体系中,独中面临着挑战与机遇并存的局面。

毋庸讳言,独中面对的挑战是很严峻的,它主要来自以下几方面:法律地位的争取,学校经费的维持,新生来源的保障,教师队伍的培训,以及毕业生的出路,等等。

与此同时,独中面对的机遇也是千载难逢的。随着中国的和平崛起,华文的国际地位不断提升,学习华文的外国人日益增加。据报道,到 2013 年为止,全球有 3000 多万人在学习华文,涉及 100 多个国家的 3000 多所学府(其中 2300 所大学),而且每年的增长率是双位数的。这是前所未有的国际局面。就我所知,各国对华文教师的需求,非常巨大、殷切,需求"缺口"数以万计,中国政府(国汉办)根本无法满足它们的要求。

另一方面,自中国—东盟自贸区成立后,马来西亚、印尼等东盟国家和中国的经济联系,更加紧密。如今,中国已成为东盟的最大贸易伙伴,最大的旅客来源,而且几乎可以肯定:在不久的将来,必将成为东盟最大的外资(FDI)来源。这对华文华语在东盟区内的推广使用,无疑是一股巨大无比的力量!

有了以上的机遇,我认为独中必须把握时机,继续大步走出国门,不断提升独中的特色,将挑战转化为机遇。

在此,我所谓的"独中继续走出国门",含有两层意思:一是"学生走出国门",二是"学校走出国门"。

先谈第一点。和二十多年前相比较,我觉得当今独中毕业生的出路很广,除了能进入新纪元、南方和韩江三所高等学府深造,还能到中国大陆、台湾等地升学。为了争取优秀学生从事教育工作,校方应提供奖学金(可由社会人士赞助),让毕业生到国外师范大学深造,毕业后回校服务。或者鼓励毕业生申请"孔子学院奖学金",在中国重点师专学习。毕业后由孔子学院派到国外执教,体验不同的人生;若干年后,再回国服务也不晚。

再谈第二点。有条件的独中,应考虑充分利用本身的多元优势,到国外(包括中国、印尼、英国等)招收外国留学生,使得学生来源国际化。其次,到国外聘用优秀教师,包括经验丰富的退休教师,获取不同的教学理念,也是值得考虑的选择。第三,关门办学的时代已经过去了，独中应和海外（中国大陆、台湾等）的著名中学结成姐妹学校，让教师交流教学经验，让学生利用假期出国浸濡，甚至按部就班推行学生、教师交换计划。

继续大步走出国门，不仅可以打响独中的知名度，而且更重要的是优化、提升教育质量，把独中变成更独特、更优越的学府（在西方国家，民办学校优于政府学校，屡见不鲜）。这么一来，就能获得华人社会的更大支持，让50%以上的华小毕业生选读独中，使得三所华文高等学府的学生来源更有保障。

这么一来，马来西亚华文教育或许就可以逐步进入良性循环的轨道，实现"大业千秋、长风万里"的梦想！

我对马来西亚的华文教育现状，了解并不透彻。在此所言难免流于浅陋，甚至不着边际、无的放矢，恳请各位指教、匡正！

（2014年7月3日）

华文教学与华文教育不可混为一谈

（在 2014 年世界华文教育论坛上的发言稿）

近十几年来，随着中国和平崛起，学习华文的外国学生人数激增，于是便有"华文教育"方兴未艾之说。我个人觉得，这说法很不妥当、很成问题，因为论者将华文教学等同于华文教育，将学习华文当成接受华文教育。

所谓华文教学（The teaching of Chinese language），是指教师教导学生学习华文，对学生而言，则是学听讲华语、读写华文。这一授受过程便是作为单一科目的教学实践。由于语文是文化的载体，在华文教学过程中，教师可以传授中华文化，学生可以多少接受传统文化的熏陶，但无论如何，仍然不能等同于接受"华文教育"。比如，在今日新加坡，华文只是中小学校的一门科目，华裔学生只是学习华文，他们所接受的不是华文教育，而是英文教育。

那么，究竟什么是华文教育（The Chinese education）？显然是指以华文为媒介语的教育体系(The education in Chinese language),也就是华文学校所实施的综合教育(Education in the Chinese schools)。作为一种教育体系或模式,华文教育的内涵丰富多样。如以马来西亚独中为例,其特点看来包括:1)由民间创办、校董监管;2)自力更生、自强不息;3)多学科以华语为教学媒介;4)学校行政以华文为主;5)重视国语、英语的学习;6)德、智、体、群、美五育并重。大体上说,这类毕业生的人格品质、文化素养(包括语文能力),都与受英文教育者明显不同,被称为 The Chinese Educated(受华文教育者或华校生)。

总之,华文教学与华文教育是两个截然不同的概念与范畴,我们不可混为一谈!假如华文教育是一片树林,华文教学只不过是林子中的一棵树木。树林一旦遭砍伐、消失,一棵树木的价值、作用就十分有限了!

(2014年7月3日)

老人的"微信"

早晨九点报到,比预约时间早半小时。经过一整天的折腾,老人精疲力尽,回到家时已近六点。

一周后,老人回去看医生,听取体检报告。

又过一周,老人按捺不住了,在 Myfamily 微信平台上,写下《医生和我的对话》

你今年几岁?

快八十啦。

家中有些什么人?

一个老婆、两个儿子、两个媳妇、四个孙儿。

好幸福的家庭!谁带你来体检、看病?

(无语)

是太太吧?

(摇头)

是儿子？

（摇手）

那一定是媳妇了？

（苦笑）

回去后有谁会问起体检的结果吗？

（无语、摇头、摇手、苦笑）

（这时心跳加速，看来体检有问题，严重到要告诉家人。）

果然她说：

你的心脏血管还好，但如果你的家人不闻不问，You may have a broken heart。请提醒你的家人，我们心脏专家能做各种手术，不过医不了 broken heart。

中国在元朝就亡国了吗

——成吉思汗是不是国家英雄

今早老友传来一篇文章,内容杂乱无章,说某西方历史家在《泰晤士报》网站撰文,嘲笑中国歪曲历史,把成吉思汗当成民族英雄,因为在元朝中国已灭亡,沦为蒙古人的殖民地。他请我评论几句。

自古以来,中国就是一个以"华族"为主体的多元民族的国家。华族发源、繁衍于黄河流域中游(后扩展至长江流域),其四周分布着许多少数民族:东面的统称为"东夷",西面的统称为"西戎",南面的统称为"南蛮",北面的统称为"北狄"。华族和四周少数民族的关系,可简称为"华夷关系"(在此并无歧视少数民族之意)。作为正史之首的《史记》,其列传中就有《匈奴列传》《南越列传》《东越列传》《朝鲜列传》《西南夷列传》《大宛列传》,从而开创了为中华帝国境内少数民族和周边民族撰史立传的先河。

唐人继承了这个民族大一统的优良传统,在其所修"六书二史"里,《北史》和《北齐书》和《周书》讲述的是北朝五个少数民族政权(即北魏、东魏、西魏、北齐、北周)的历史,而《晋书》《南史》《梁书》《陈书》《隋书》讲述的则是汉族政权(即两晋、南朝和隋朝)的历史。除了《北齐书》,其他五部史书都有讲述中国境内少数民族和周边民族的历史(包括华夷关系在内)。这种做法所释放的文化现象与政治理念,在某种程度上反映了唐人对非汉族的重视,虽然建立民族平等关系的历史条件尚未存在或成熟。

唐人重视华夷关系,因为从历史发展的经验中,他们已意识到华夷关系,将直接或间接影响帝国的政治稳定,乃至帝国的兴衰与大一统。

另一方面,凡是进入中原的少数民族,从南北朝开始,直到清朝,都把自己所建的帝国当成"中国"(Central Kingdom),而其子民都属于中国人,当成"华族"之组成部分。这是因为自古以来,华夷的区分不是族群、血缘,而是在地域与文化;换言之,凡是定居中原、接受中原文化的民族,都属于华族。华族所用的语言,就叫华语,唐代史家刘知几《史通·言语篇》曾指出这点。

这种正统历史观承前启后,世代相传,经宋、元、明、清、民国直到今日,历久弥新。元朝是否属于中国,成吉思汗是不是中国人?只有中国人自己(历史家)说了算数,那些对中文目不识丁,对中国历史一知半解的西方史家,请靠边站去,别班门弄斧、自献其陋啦！

元朝被明朝取代后，明人所编撰《元史》，非但视之为"正史"，而且给予元太祖铁木真(成吉思汗)很高的评价：

"帝深沉有大略，用兵如神，故能灭国四十，遂平西夏。其奇勋伟迹甚众，惜乎当时史官不备，或多失于记载云。"(《元史·太祖本纪》)。

可见把成吉思汗当成国家英雄人物，是明代的中国汉族历史家宋濂，当代中国政府或史家恐怕难以沾光吧？而"歪曲历史"更轮不到他们，还是留给"目不识丁者"自己吧！

在对待中国许多历史问题上，西方历史家多半认识肤浅，但又爱班门弄斧！如果文章所言属实，这只不过其中之一例，可举的例证不计其数。

(2014年7月13日)

在"亡国论"的背后

社会学告诉我们,人的社会行为总有动机或目的。那么,那些鼓吹"亡国论"者是些什么人?他们的潜台词是什么?他们有何政治目的?

我一再告诉小孙子:孙悟空比他最崇拜的西方大侠(Ultraman)更厉害,除了能七十二变,还能识破变形的白骨精等妖魔鬼怪。因此,我们只要借用孙行者的慧眼,就能看到"亡国论"背后的三类鬼魅身影,在各地徘徊,时大时小,或隐或显。

第一类是藏毒、疆毒、台毒等"三毒分子",及其台前幕后的代言人。他们所贩卖之毒品,类别或许有些不同,但同样能使无知者上瘾,危害性不相上下。他们的共同特点是:不把自己当成中国人。

第二类是目不识丁(不懂中文)的西方历史家、媒体人,对中国历史一知半解甚至一窍不通,但看到"西方不亮东方亮",心理很不平衡,自己的优越感受到挑战,所以应该"有些作为"——发表"亡国论",以哗众取宠。

第三类是"三无"分子——这些人既无知、无识又无聊,是非不明,脸皮特厚。他们满脑糨糊,没有任何真本事,只会崇洋媚外,跟在目不识丁者背后,摇旗呐喊,造假传假,沦为"三毒"分子的传声筒!

由此看来,"亡国论"者的潜台词,岂不显而易见?如果蒙古族不是中国人,满族也不是中国人,那么,毫无疑问的,藏族、回族、维吾尔族等各少数民族都不是中国人,都不是中华民族;只有汉族才叫做 Chinese,其他都属于 Non-Chinese(绝大多数英文书都是如此划分的)。

接着下来的合理推论,自然便是:内蒙古该并入"蒙古国",东北三省应独立,让"满洲国"复辟;在新疆建立"东吐厥斯坦",在西藏建立"吐蕃王国";在宝岛成立"台湾民主共和国"(或重归日本大帝国?),以及在云南恢复"大理国",在宁夏重建"西夏国"。

这么一来,就与石原慎太郎、李登辉的"七块论"完全不谋而合了!这么一来,神州大地四分五裂,内战连年,你想还有什么"中华民族伟大复兴"?中国人还有什么"中国梦"?元代清朝既然中国可以亡,苏联既然可以分裂解体,当今中国为何不能崩溃?The Coming Collapse of China 受到西方媒体的吹捧,成为最畅销经典,多次列居榜首,不就是因为符合他们的"亡国论"?

"亡国论"在苏联解体后尤其风行,但这些蠢货始终不了解:中国不是苏联!政治大一统、民族大一统已存在二千多年,犹如千年古松,根深蒂固,枝繁叶茂,"蚍蜉撼树谈何易"(毛泽东)!我想再借用毛泽东名句,温馨地提醒大家,在亡国论的背后是:"小小寰球,有几个苍蝇碰壁,嗡嗡叫,几声凄厉,几声抽泣。"

(2014 年 7 月 20 日)

牧童又嚷"狼来了"

昨天早上,老伴叫我看《联合早报》一则新闻,标题是《斋戒月期间,新疆禁止公务员及师生斋戒》。我扫描了全文一遍,即刻提醒她:牧童又嚷"狼来了"!据我初步判断,这又是一则虚假信息,因为造假与传假的伎俩拙劣,其中疑点重重。

首先,标题既然是《新疆禁止公务员及师生斋戒》,那么,毫无疑问的,"禁止斋戒"理应首先涉及首府乌鲁木齐,但内容仅提到吐鲁番这个小小地方。其目的显然在误导、蒙骗读者,让读者咋看标题之下,以为禁斋戒覆盖整个新疆自治区,而且是区政府的政治行为。

其次,就我所知,对于宗教信仰与宗教活动,自治区政府享有高度自治权,北京政府从不干预,但新闻来源却标明法新社"北京综合讯"(而不是来自乌鲁木齐),又是一个愚蠢的造假、传假,破绽显然。

第三，新疆穆斯林的宗教活动，是由自治区宗教局（官员都是穆斯林）管理，所有相关通知、文告，都必须出自宗教局才算合法；吐鲁番地区政府或其他任何单位（如学校），都根本没有"禁止公务员及师生斋戒"的权力（如果这样做，是违法的）。

第四，新闻最后两段是"世维会"疆毒分子的讲话，极力抨击中国政府压制穆斯林。这样一来，造假者与传假者的狐狸尾巴，不都显露无遗了吗？真是不打自招，太过愚蠢了吧？

对于新中国的民族政策与宗教政策，我特别感兴趣（也为了教学需要），曾经作过一番研究，并且到过新疆（两次）、内蒙古、宁夏、西藏、广西五个少数民族自治区，观察国家政策落实的情况。依据耳闻目睹，我敢十分肯定：各少数民族都受到特别照顾（当然还有改进的空间），他们和汉族一样享有信仰自由，他们在学习、使用自己的语言文字，保留自己的传统文化与生活方式。这是任何造假与传假，都改变不了的客观存在！

为了一己之私而捏造假信息，误导善良的广大读者，固然既可恶又可耻；而不分青红皂白，在网络或报纸上传播虚假信息，同样是不负责任、不讲道义的丑陋行为——对个人是如此，对主流媒体更是如此！

（2014年7月4日）

爱好和平的山姆大叔

有些人说美国素来遵守联合国宪章(国际法),是个爱好和平、值得信赖的国家。客观事实是否如此?咱们还是翻开历史看看,让史实说话吧:

从美国独立战争(1775～1783年)到现在的二百多年时间里,山姆大叔频频大动干戈,绝大多数都是在海外。

除了大规模讨伐、屠杀印第安人的军事行动,在19世纪中叶,美墨战争(1846～1848)让山姆夺得了包括得克萨斯、新墨西哥和加利福尼亚在内的230万平方公里土地。美国版图由大西洋沿岸扩展到太平洋沿岸,成为连接两大洋的世界大国。

19世纪末的美西战争(1898年),也是山姆一手策划的。经过几个月的激战,西班牙放弃对古巴的一切主权要求,由美国占领,并将菲律宾、关岛和波多黎各割让给美国。

第二次世界大战(1939～1945年)结束后,山姆大叔已成为世界No 1，成为国际警察，以"维护世界和平"为己任。朝鲜战争（1951～1953年）就是山姆大叔假借联合国之名，发动的"十六国联军之战"。之后的越南战争（1961～1973年），则是在法国殖民主义者战败后，山姆即刻介入并将战争不断扩大，长达十二年之久。

这两次战争都让山姆大叔吃尽苦头，但江山易改本性难移，并没改变他"爱好和平"的本性。自上世纪80年代以来，"替天行道"之好事更层出不穷，如入侵格林纳达（1983年）、利比亚（1986年）、巴拿马（1989年）。接下来的海湾战争（1991年）、武装干涉索马里（1993年）、科索沃战争（1999年），以及2001年阿富汗战争，2003年的伊拉克战争，更是大家记忆犹新的。

山姆大叔如此热衷于"替天行道"，基本动机不外乎扶持傀儡政权，掠夺资源，实验新武器，促销旧武器，而这一切几乎无往不利，完全符合军工集团的利益，所以大大助长了其嚣张气焰。

此外，山姆大叔还不断干预他国内政，甚至颠覆他国政府，扶持专制傀儡政权，都已永远记入史册！任何化妆师为他涂脂抹粉，都无法改变他好战成性的狰狞面目！

（2014年7月1日）

网络信息泛滥成灾

如今,网络信息风起云涌,像狂风暴雨,扑面而来,令人昏头转向;又像沙尘雾霾,密布空中,令人视觉模糊。这是因为网络信息实在太多,而且之中虚假成分太高,真假混杂,难以分辨真假。

不久前,老友传来几条信息:一条说某日本公司收购青岛啤酒,一条说泰中已签署开凿克拉运河协议,还有一条说"美政府撕下孔子学院的画皮"。经我初步判断,即刻回复老友:都是假信息,切毋相信,更不可转发!

像这样在网络传播的虚假信息,多如牛毛,猛如洪水,冲破千万人的心理防线。泛滥成灾的假信息,可以归纳成三大类:一、无中生有,全属虚假;二、假中带真,假多真少;三、真中带假,真假参半。第一类比较容易被人戳穿,而第三类的欺骗性最大,鱼目混珠,不易识破。

那么,很多人在网络上造假的目的或动机是什么?稍加思考与分析，我发现网络造假的动机，多种多样，其一是发布耸人听闻的信息，为某一网站吸引读者，从而招徕商业广告，获得广告收益。其二是利用人们对商品（食品）安全的关注心理，捏造虚假信息，为某商家打击其竞争对手。三是利用本国（如中国）的"食品安全问题"，为外国商品（如儿童奶粉）进口，铺平道路。

以上属于商业性的造假动机。此外，还有政治性的造假，如利用某些真实新闻，如某类商品品质问题，加以无限放大、延伸、扭曲，从而削弱相关国家的国际竞争力与遏制其经济发展！至于针对中国政府的虚假信息，不胜枚举，都是虚构或"改编"一些所谓"内幕"信息，来诋毁中国的国家形象。这类造假多数出现在癞皮狗等的反华网站。

无论是哪类造假，造假"专家"一般上都从中获得金钱回报，这是网络造假泛滥成灾的根本原因。其次，人们的好奇心理、盲从弱点，以及对负面事物往往"宁可信其有，不可信其无"，也在客观上助长了造假歪风邪气。

造假容易辨假难，因为我们多是凡人。在唐僧师徒四人中，也唯有老孙独具慧眼，能识破伪装、变形的妖魔鬼怪呢！

（2014年6月22日）

称呼漫谈

称呼是一种文化,古今中外都如此。它往往因时而异,远的不说,单在近百年间,中国人的称呼变化就很大。

民国初年以来,"先生"、"太太"、"少爷"、"小姐"是城市人的通用称呼。解放后,大陆不再使用这些"资产阶级的名堂",而一律改用"同志",不分身份、性别,以表示大家一律平等。对此,或许没有什么不妥。

改革开放后,非但先生、太太、小姐再度粉墨登场,而且强化了官衔、职位的称呼。这是回归传统也好,是和国际接轨也罢,都一样可以欣然接受。

然而,人们对于官衔、职位的口语简称,却令人莫名其妙,例如局长简称为"局",厅长为"厅",处长为"处",队长为"队",工程师为"工"。至于总裁、总经理、总编辑、总工程师、总设计师、总审计师等等,凡是带有"总"的衔头,一律简称为"总",更是可能导致信息传递的"智障",出现人际关系中的沟通错位,所以难以接受。

此外,同样令人啼笑皆非的,是对"老师"口语称呼的滥用。不久前,在歌唱比赛开始前,央视主持人介绍几位评判,都一律称他们为"老师",而事实上,就我所知,他们都不是教育工作者。这决不是个别或孤立的文化现象,"乐称老师"(或"好为人师"?),正在大陆风靡一时,"老师"居然成了最时髦的口头称呼!

或许你认为,这不正是表示对老师的推崇与尊重吗?但我个人不以为然;有位中国朋友也觉得,即便出自善意的尊称,在客观上也漠视、淡化了教育的专业性质,贬低了教师的社会地位。也许有朝一日,连拉皮条的也称为"老师"!

在古代中国,教师的社会地位很高,所谓"天地君亲师"的历史定位,以及"一日为师,终生为父"的谚语,都说明了这一点。

韩愈《师说》给老师以更明确的界定:"师者,所以传道、授业、解惑也。"这界说并不过时,至今仍然适用,人们对教师的敬重,就是对教育、对知识的重视,尊师与重道总是两位一体的。

退一步说,按照现代的普世价值,教育无论如何是一门专业,只有受过专业训练,从事这门专业者,才能称为老师。我们既然不可随意使用"律师"、"医生"、"教授"等名堂,岂可随意使用"老师"这一称呼?

"名不正,则言不顺",任何不当的称呼,我想是不可能持久的!

(2014年6月14日)

鲁迅视香港为"畏途"

据鲁迅先生说,他到过香港三次,始终视香港为"畏途"(原话,见《而已集》)。

1927年,鲁迅先生写了《略谈香港》《再谈香港》两篇精彩杂文(收在《而已集》里),折射殖民主义的黑暗统治,嘲讽某类香港人的愚昧无知、蛮横无理!

在《略谈香港》中,他谈到自己在香港的见闻、遭遇:内地人入境时"搜身的纠葛,在香港屡见不鲜",即使穿西装、讲英语,也难以幸免。因为"英警嫌恶这两件:这是主人的言语和服装"。

如果有人对搜查不满而申辩,结果又如何呢?鲁迅告诉我们,殖民地官员蛮不讲理,还举了个事例:

"在香港时遇见一位某君,是受了高等教育的人。他自述曾因受屈,向英官申辩,英官无话可说了,但他还是输。那最末是得到严厉的训斥,道:'总之是你错的,因为我说你错!'"

似乎比这更霸道的,还有明目张胆的语文歧视,即语文霸权主义。这篇杂文写道:"带着书籍的人也困难,因为一不小心,会被指为'危险文件'的。这'危险'的界说,我不知其详。总之一有嫌疑,便麻烦了。人先关起来,书去译成英文,译好之后,这才审判。"

殖民地政府虽标榜"言论自由",鲁迅受邀去香港讲演,却遇到种种刁难:"先是颇遭干涉,中途又有反对者派人索取入场券,收藏起来,使别人不能去听;后来又不许将讲稿登报,经交涉的结果,是削去和改窜了许多。"

至于有些香港报章新闻爱参用方言词,如呢个(这个)、而家(如今)、嘅(的)、系(是)、唔(不)、同埋(和)、咩(吗)、话(说)……等等。只有懂得粤语者才能明白。鲁迅对此很费解,也很反感,并加以讽刺一番。

在《再谈香港》中,鲁迅讲述1927年9月间带着几个书箱、衣箱乘船到香港,就挨了"查关"的种种麻烦,令他耿耿于怀,其中一小段写道:

"我出广州,也曾受过检查。但那边的检查员,脸上是有血色的,也懂得我的话。每一包纸或一部书,抽出来看后,便放在原地方,所以毫不凌乱,的确是检查。而在这'英人的乐园'的香港可大两样了。检查员的脸是青色的,也似乎不懂我的话。他只将箱子的内容倒出,翻搅一通,倘是一个纸包,便将包纸撕破,于是一箱书籍,经他搅松之后,便高出箱面有六七寸了。"

同样令鲁迅费解、气愤的是:一把长仅五寸三分的小刀,竟被检查员说是"凶器";一盒蚊烟香也被认为"有些古怪"。对于这翻箱倒箧的恶行,鲁迅很幽默,在轻描淡写之余,还借船上茶房的话,应"归咎"于他自己"生得太瘦了",所以才"被怀疑是贩鸦片的"。其实,以上这一切无理刁难,不都是为了公然勒索钱财?尽管他们明知像鲁迅这样"太瘦"的文人,根本没有什么油水可榨取!

在文章的结尾,鲁迅语重心长地写道:"香港虽只一岛,却活画着中国许多地方现在和将来的小照:中央几位洋主子,手下是若干颂德的'高等华人'和一伙作伥的奴气同胞。"

八十多年过去了,香港回归也将要二十年了,但某些港人的心态似乎还停留在殖民地时代!可见英人的奴化教育非常成功,而鲁迅对某些香港人的评价,仍未过时并具有深刻的教育意义!

(2014.5.24 于上海)

富不过三代

中国人有句俗话：富不过三代。这话的由来如何？它的可信度、准确性又如何？

生活经验告诉我们，那些白手起家的人，除了机缘，靠的主要是胆、识、勤、俭四大法宝。胆是胆量，任何创业都有风险，失败与成功几率相等，甚至大于成功，所以没有足够胆量是不行的。识是见识，也就是眼界与知识，一定要站得高，才能望得远、看得清，才不至于错失良机。勤是勤劳，不怕辛苦不怕累，百屈而不挠，也是成功的必要条件。俭是节俭，指个人生活作风简朴，杜绝铺张浪费，才能完成原始资本的积累，逐步把家业做大变强。

这样的个人素质与价值观念，一般上未必可以传给下一代——即富二代或富三代。首先，在客观上，富二、三代不需要什么"胆识"，只要沿着父母所开创的道路，漫步行走。其次，坐享其成、爱炫耀、好浮夸，正是富二、三代的人生哲学，"勤俭"二字早已从他们脑海里,消失得无影无踪。尤有进者,肯定有不少富二、三代沦为败家子,问题就比较严重了。家业一旦落入他们手中,或迟或早家道衰落,最终打回原形。

纨绔子弟治理家业,家道必然衰败,无数实例可以作证,"富不过三代"一语即由此而来,其正确性毋庸质疑。

那么,如果让败家子来治国,可能出现的情况又如何呢?我想结果很类似。

各国历史告诉我们,国家由盛而衰,败家子治国是个决定性的内因。中国古代封建王朝是如此,近代西方国家也是如此。遥想当年,葡萄牙、西班牙曾经富甲天下,令人称羡,一旦传到败家子手中,国运每况愈下,最终沦为毫无作为的三流国家。岂不应作为我们前车之鉴?

按照国民平均所得,我国属于富国之一,"建国一代"功不可没;但不幸同样出现一些富二代败家子,他们身居政府部门或法定机构的领导岗位。我说这话是有根有据的,随便举个例证:十多年前,武吉巴督自然公园内有许多硬木长椅,非常结实好用,却有两三张遭人破坏。这原本可以修理,但有关当局却很"阔气大方",索性把所有十几二十张木椅换成石椅。"因噎废食"的做法,足以非议,哪知过了几年,又把好好的石椅换成硬木椅,怎不令人费解、气愤?公园里的路灯也遭同样的厄运:完好无损的路灯如今又将要给换掉了!如果我没记错的话,这也是十几年中的第三回了,所谓"up-grading"根本是自欺欺人。

有鉴于此,我觉得有必要"温馨提醒":这种做法和在餐桌上浪费食物,本质上没有两样。浪费食物者的可耻行为,已受到告诫:"钱是你的,但资源是全社会的!"所以你们也必须牢记在心:

暴殄天物本身就是一种罪过,即使钱出自你们的口袋,但木材、矿物等自然资源属于全人类,更何况你们滥用的是我们纳税人的公款!

鲁迅与翻译

自五四新文化运动以来,不少西方与日本名著译成中文,鲁迅先生也扮演重要角色。1921年到1931年十年间,鲁迅完成的译著,近二十种,包括童话《桃色的云》(俄国 V. A. 爱罗先珂)、《爱罗先珂童话集》、长篇小说《毁灭》(苏联 A. 法捷耶夫)、《静静的顿河》第一卷(苏联 M. A. 唆罗诃夫),以及论文集《苦闷的象征》(日本厨川白村)、《出了象牙之塔》(同前)、《近代美术史潮论》(日本板坦鹰穗)、《艺术论》(苏联 A. 卢那卡尔斯基)、《艺术论》(俄国 G. A. 蒲力汗诺夫),等等。

对于翻译,鲁迅十分认真严肃,尽心费力。他说:"我在过去的近十年中,费去的力气实在也并不少,即使校对别人的译著,也真是一个字一个字的看下去,决不肯随便放过,敷衍作者和读者的,并且毫不怀着有所利用的意思。"(见《三闲集》)然而,人们对他的译作,誉毁兼而有之,并引发一场翻译笔战。单是鲁迅《二心集》就收集了六篇涉及翻译的文章:《'硬译'与文学的阶级性》《艺术论译本序》《几条'顺'的翻译》《风马牛》《再一条'顺'的翻译》《关于翻译的通信》。

1931年12月瞿秋白以J.K.为笔名,给鲁迅写一封公开信,发表于杂志《十字街头》第1期。信中除了赞扬鲁迅对翻译事业的贡献,肯定《毁灭》译文"的确是非常忠实",还列举了译文的一些缺点乃至错误。对此,鲁迅在高兴、感谢之余,回信告诉对方(他们以"敬爱的同志"相称):《毁灭》是根据日文与德文译本来翻译的(按:他不谙俄文),他将改正有关的错误。他们在信中,都不客气地批评了赵景深的翻译主张。(以上详见《关于翻译的通信》)。

但是,两名大教授——梁实秋(北大)、赵景深(复旦)对鲁迅译文很不客气,把他的直译说成"硬译"、"死译",试图完全否定译者的工作与译作的价值——"读了等于不读,枉费时间精力"。前者发表《论鲁迅先生的'硬译'》批评道:"死译一定是从头到尾的死译,读了等于不读,枉费时间精力。况且犯曲译的毛病的同时决不会犯死译的毛病,而死译者有时正不妨同时是曲译……死译之风断不可长。"赵氏似乎更进一步,主张"与其信而不顺,不如顺而不信",即认为译文的"顺"比"信"更重要,至少读起来比较"爽快"(梁氏用语)。

针对梁、赵二人的恶意攻击,鲁迅毫不客气用杂文还以颜色,极尽嘲讽之能事,因为对方也会犯错、误译。如赵景深把 milky way(银河)译成"牛奶路",就成了当时文坛笑柄。鲁迅很幽默地写道:"白种人把一切的奶都叫 milk 的,我们看惯了罐头牛奶的文字,有时就不免于误译。是的,这也是无足怪的事。"其实说穿了,笔战涉及意识形态之争。新月社文人厌恶的,主要不是鲁迅译作文字"不顺",而是译作的进步内容看了"不爽"——其实是看"不懂"(不接受)。所以鲁迅很诙谐地回应:"我的译作,本来不在博得读者'爽快',却往往给以不舒服,甚而至于使人气闷、憎恶、愤恨。"(以上见《二心集》)他还指出:不顺译文只是阅读困难,不含误导性,但"顺而不信"译文肯定会误导读者,因为读者根本没法对照原文。

  平心而论,信、达、雅三者中,既然是"信"居于首位,鲁迅的直译与"信译论"应该较之"顺而不信"译法,略胜一筹。不过,鲁迅为人谦逊,并不认为自己的译作很好——尤其是由日德文转译的俄文著作,而坚信"世间总会有较好的翻译者",能够译成"不曲"又"不硬"的作品,"那时我的译本当然就被淘汰"了。

(2014 年 4 月 18 日)

翻译的艺术

　　语文翻译是一门艺术。长期以来，人们对翻译的艺术有三大标准或要求，那就是信、达、雅。所谓信，是指译文内容的准确性、可信度；所谓达，是指文辞表达通顺，明白易懂；所谓雅，则是达的提升，指文辞优雅美丽，可读性很高。然而，译文想要同时落实三个要求，则谈何容易？对于自然科学与人文科学的语文翻译，问题或许不大，而对于文学艺术文字的翻译，尤其是诗歌、歌词翻译，就困难重重了！即便通晓双语和双文化，也未必能得心应手，挥洒自如。对此，不妨举个英译唐诗的例子：

　　柳宗元《江雪》Fishing in Snow
　　千山鸟飞绝 From hill to hill no bird in flight
　　万径人踪灭 From path to path no man in sight
　　孤舟蓑笠翁 A straw-cloaked man afloat, behold

独钓寒江雪 Is fishing snow on a river cold

这是我从十几种不同的英文译文中精挑细选的,算是最好的译文了——有些译文不忍目睹;但和原诗相比,意思还是有点走样、欠缺,而且最关键的问题是:英译丧失了唐诗的特有韵味与美学感受!这就是为什么我一再强调:我国华人必须学好华文,才能鉴赏中华文化;我国华人可以用英文传承中华文化的主张、想法,是非常荒唐可笑的!

再举个歌词的例子:《梭罗河》(Bengawan Solo)是很著名的印尼民歌,除了译成荷兰文、英文、日文,很早也译成华文,在南洋各地和中国大陆风行一时,成为中印文化交流的经典。其原文和译文如下(括号内即其原意,非正式译文):

Bengawan Solo(梭罗河)
riwayatmu ini(你的历史)
sedari dulu jadi perhatian insani(一直备受人们关注)
musim kemarau, tak seberapa airmu(旱季,你没多少河水)
di musim hujan air meluap sampai jauh(在雨季,河水涨满流到远方)
Mata airmu dari Solo(你的水源来自梭罗)

terkurung gunung seribu(被千山环抱着)

air mengalir sampai jauh(河水流淌到远方)

akhirnya ke laut(最终到海洋)

Itu perahu(那是一条船)

riwayatnya dulu(以往的历史)

kaum pedagang selalu naik itu perahu(商人们经常乘搭那条船)

而华文版本的《美丽的梭罗河》,却变成了这个样子:

美丽的梭罗河

我为你歌唱

你的光荣历史

我永远记在心上

你轻轻流淌

雨季时波涛滚滚

你流向远方

你的源泉来自梭罗

万重山送你一路前往

滚滚的波涛流向远方

一直流入海洋

你的历史

就是一只船

商人们乘船远航

在美丽的河面上

  我们只要稍作比较,不难发现华文和原文诸多差异。好些词语如"美丽"、"光荣"、"轻轻"、"波涛"、"远航"等,以及句子"我为你歌唱"、"送你一路前往"、"在美丽的河面上",都是原文版本所没有的。经过艺术加工润饰的《梭罗河》,显然色彩比较丰富,"达"与"雅"都兼而有之;但似乎违背了"信"这个基本原则,其准确性是否还需要存在?这恐怕就见仁见智了吧?尽管华语版的《美丽的梭罗河》非常委婉动听,艺术性绝不逊于印尼文原版,我个人还是比较喜欢朴实无华、原汁原味的 Bengawan Solo。

  如此看来,经过翻译的古典诗词、民歌民谣,既要信、达、雅,又要保存原汁原味,似乎是不可能的。我曾尝试欣赏英译唐诗宋词,但总觉得索然无味!

  在一般情况下,译文总是不如原文,然而凡事都有例外;有些商品名称的汉译,居然超越原文,寓意更佳更美。例如:把 Coca Cola 译成"可口可乐",把 Pepsi Cola 译成"百事可乐",把 7UP 译成"七喜"(粤语"起"和"喜"同音),都非常有创意,属于翻译一绝。又如:许多汽车牌子是以创始人姓氏命名,包括著名的德国汽车

Mercedes Benz、法国汽车 Citroen,都没有什么特别含意;但中国人把它们译成"奔驰"、"雪铁龙"后,就赋它们予文化内涵,给人以完全不同的美学动感。(中国南极科考船"雪龙"号命名,或许是从"雪铁龙"获得灵感)此外,我们把 computer 译成电脑 e-brain,同样是高明的。如果有一天,世人都把 computer 改称为 e-brain,那就更有意思了。(按:大陆还在使用"计算机"为 computer 的译名,似乎过于保守吧?)同样有趣的是,mini skirt 中的 mini 的本义是"短小"、"极短"、"超短",没有什么"特别内涵";但译成华文的"迷你",就截然不同了。穿着短裙既然可以"迷你",而且越短就越"迷你",这岂不是译文的美妙之处? 你想:任何翻译高手能否把华文的"迷你裙"再译成英文或其他文字,而不失去其"文化内涵"?

当校长？我不干

"恭喜你，符先生！我们决定委任你当校长，所以今天请你过来谈谈。不知你想留在原校当副院长，还是到邻里中学当校长？"我走进会议室刚坐下，就传来熟悉的声音。面前的三位高官，两男一女，其中一男是老同学、旧上司，女的也是旧同事，知根知底，所以没有什么压力。

"谢谢！但很抱歉，我对当校长不感兴趣。"笑着回答，只能用不落根的二毛语。

"为什么？你不是已经升级了吗？应该对教育做较大的贡献吧？"我的二度不识抬举，令对方有点诧异，面面相觑。

是的，我很幸运，两年前就升为"高级教育师"（SEO 1）。在上世纪八十年代，这可是个让人称羡的级别：绝大多数中学校长都不是 SEO 1，更何况一般的部门主任？我是该学院百多人里的"唯一"，级别仅次于院长，所以令同事们刮目相看。院长不在时，我成了"代理人",他们有急事多来见我。

"原因嘛有两个:一个是我很喜欢教书,很讨厌行政工作;我当一年副院长,就下来了。另一个是我的英文不行,当不好校长。"话语刚落地,那位老同学就将我一军:

"我们看过你写的报告,英文没问题。更重要的原因,你没说出来:校长只有21天年假,教师却能享受很长的学校假期。我没说错吧?"的确没说错。其实,还有其他深层次的原因,不便说出来,比如教育政策的偏差错误,朝令夕改,难以适从,以及校长缺乏自主权等等,都使得我这个理想主义者对当掌门人,毫无兴趣,缺乏意愿。

"没错。按照你们的纪录,我也许是名好教师,但未必能成为好校长。"我还加上一句:"校长就一定要从爱教书的教师中选拔吗?"

"如果有资格、有能力的好教师,都像你这样,不要当校长,我们去哪儿找校长?请你说说看。"这假设显然不成立,因为人各有志嘛,有人不为五斗米折腰,辞官归故里,也就有人连夜赶科场。(这几句话二毛语派不上用场,我如用母语表述,只有那位老同学听懂,所以欲言又止。)

"既然教书与当校长是两码事,不如公开招聘,让有兴趣的教师申请,问题不就解决了吗?"我原本想说"这不关我的事,我没有想法"(It is none of my business, I have no idea),但觉得这话没

153

有礼貌,才提出以上建议来应对。不料还是惹得对方不高兴,而竟然这么发狠话:"If that is the case, all the crooks will come out!"(原话)

不太愉快的对话会,很快就结束了(原本是要教我如何当好校长的)。但我觉得很轻松愉快,因为免上校长号"贼船",可以在原来岗位上,继续传道、授业、解惑,体现人生的价值!

(2014年1月6日)

两句"无解"的华文成语

数学有无解题,华文成语也有"无解"句。在教学过程中,我发现至少有两句这样的成语,身世、来历不明,也无法解释其词义,故不妨称之为"无解句"。这两句常用成语是"逃之夭夭"与"信口开河"。

我们常把逃走得无踪无影,说成"逃之夭夭",早已约定俗成,当然没人敢说有错。然而,"夭夭"一词却与"逃走",风马牛不相及。据《辞海》的解释,"夭夭"是形容树木花草茂盛而艳丽,它源自《诗经》:"桃之夭夭,灼灼其华。"其意为桃树茂盛,桃花艳丽耀眼(按"华"之古义为"花")。既然如此,"夭夭"就不能和"逃之"搭配使用;如今通用了,也毫无意义,不能形容逃走的样子。

那么,这句成语如何产生?我想,最大的可能性是:某人粗心大意,把"桃之夭夭"中的"桃"字写成了"逃"字,而变成"逃之夭夭"。这原本只是一次笔误,但后人不明真相,一再沿用下来,以致产生与本义截然不同的变义。

有点类似的情况,也出现在"信口开河"(随意开口乱说话)一词。按字面意思,"信口"意为"随口",但"开河"应作何解?我想没人能告诉我们,因为也属于"无解"的问题。我的唯一假设是:"开河"乃"开合"之误写,后人不求甚解,世代相传,如今将错就错,使得"错"变成"对","信口开合"变成了"信口开河"。其实,元代关汉卿剧本是用"信口开合",究竟何时何人最先弄错,那就不得而知,有待考证了。

书写笔误或许难以避免,但许多后来使用者不求甚解,没有发现错误,一直以讹传讹,我就感到很纳闷!这也许是人的惰性或惯性吧?

(2013年4月10日)

华文成语的本义与变义

中华文化的博大精深,首先体现于华文之中,而华文之奥妙又蕴藏于成语之内。广义的华文成语(熟语)不但数量惊人,总共将近二万句(常用者约三千句),而且结构严谨,内涵丰富,用法讲求精确,足以构成一门学问,不妨称之为"成语学"或"熟语学"。

几乎每一华文成语都有来源或出处(典故),有些除了本义之外,还有变义——包括性质改变、含义扩大或缩小,有点类似汉字的转注与假借。如果不了解这一点,单凭查词典来和人争论、狡辩,胡言乱语,只能说明自己知其一、不知其二,给人带来食古不化的印象。

所谓本义,指的是最初的含义或字面的意思,而变义则是后来的使用者,在有意或无意之间,改变了其最初或本来的含义。

例如:"罄竹难书"出自"尽楚越之竹,犹不能书",意思是多得写不完,并没有贬义;然而后来却成了罪恶太多,写也写不完

("楚越之竹,不足以书其恶。"),可见其性质已由中性变成贬抑,适用对象由广(一般)变成狭(特殊)了。据报道,台湾民进党一政客曾用"罄竹难书"表彰陈水扁政府的功绩,而传为台湾政坛的"佳话"。

蝉儿是一种最爱鸣叫的昆虫,叫声响亮,但到了冷天时,就不出声了。"噤若寒蝉"原来泛指一般会叫的昆虫,好像冷天的蝉儿一样,不再开口鸣叫。这只是一种自然现象,看来最初并无贬意。然而,我们如今使用这成语,却专指人们胆小怕事,不敢仗义执言,同样由广义变成了狭义,由中性变成了贬谪。

又如"门庭若市"出自《战国策》,原文是"群臣进谏,门庭若市",专指上门进谏的大臣很多。可是,后人却既不管什么"群臣",也不管什么"进谏",只要室内、门口来人很多,场面热闹,都可用上"门庭若市"。

"四面楚歌"原本是楚汉战争中,刘邦为对付项羽而采用的一种心理战术,但后人却把它用在四面受敌,或者遇到多方压力,而且对象不限,指陈很广泛。假如我们自作聪明,坚持依照历史典故(原意)使用,直陈虚拟的心理战术,可能反而令人费解了。

再如:出自《北史·文苑传》的"多如牛毛",原文作"学者如牛毛,成者如麟角",其本意显然单指人,即学习的人极多,但成功的极为罕见,指陈不广,也不含贬义。但后人使用此成语却有两层意思:对象除了"人"(坏人)之外,更常指"事"、"物"(如法规、会议、文件等等），而且带有厌恶、鄙夷之意，是个贬义词。

"清规戒律"原本指佛教、道教的规约、戒条，涵盖范围不大，而且带有宗教色彩，不含贬义。如今不但可以用在各种宗教，而且用在与宗教毫无关系的领域，从社团、政党到政府、社会，都能使用，往往含有"束缚思想、行为"的贬义——言外之意。

"老当益壮"这句常用成语，意思是年纪虽老了，但身体仍然或更加健康、硬朗。这是变义，其本义并非如此。《后汉书·马援传》原文谓："丈夫为志，穷当益坚，老当益壮。"可见它讲的是"大丈夫"，不是一般人；是一种心理状态（立志），和身体健壮毫无关系。

至于大家最关注"楚才晋用"，其本义是楚国人才流向晋国，为晋国所用，指的是人才外流。但其引申义则是一国人才为另一国所用，因为对楚国而言，是人才外流，但对晋国来说，岂不是引进人才（晋用楚才）？这是清楚不过、毋庸置疑的，根本不存在什么"宾主易位"问题！而且必须指出：在今天，我们固然可以使用其本义，但更常用的是其引申义。

以上八个实例，应足以说明：学习、使用、教导华文成语时，不仅得注意其褒义与贬义，还得多少了解其本义和变义，否则就有可能犯上"知其一不知其二"的错误，而"其二"往往比"其一"更重要。

（2013年3月28日）

有关民族国家的几个问题
——兼答王运开先生提问

符先生，

一、您可以解释一下您所说的：按照西方历史的定义，早在秦代，中国就已经是个不折不扣的"民族国家"吗？还有，秦以前的春秋战国诸国已可以算是西方历史定义里的"民族国家"吗？

二、还有一些问题：如果秦代是个"民族国家"，那么以后历代，汉、唐、宋、元、明、清等朝代算不算"民族国家"？五代十国这些国家呢，是不是皆可看做"民族国家"？诸国并吞，"民族国家"概念中的国家主权如何得到尊重？

我的回答与看法：

一、何谓民族国家（National States 或 Nation-States）？按照西方历史的界定，民族国家是以民族为基础的主权完整、领土统一的政治组织。公元5世纪末西罗马帝国解体后，西欧虽出现一些国家,如西、葡、法、英等,但均不能称之为民族国家。这是因为在国王之上还有罗马教皇与神圣罗马帝国皇帝两大势力,国家主权并不完整,之下又有代表封建势力的贵族阶级与代表教会势力的教士阶级,在政治上和国王分庭抗礼。

二、民族国家应具备什么条件?按照西方历史的定义,它们必须具备以下条件:1)以相同语言文化的民族为单位,组成一个全国统一的政治组织;2)不受国家以外任何势力的干预,而能维持国家主权完整与领土统一;3)要有一个强而有力的中央政府,统治着全国土地与人口。总之,民族国家就是一个中央集权(王权专制)的主权国家,民族国家形成的过程,就是王权增长的过程。

三、为何我敢断言"早在秦代,中国就已经是个不折不扣的民族国家"?因为它已经具备了民族国家的三大条件。是的,如果秦代是个"民族国家",那么以后历代,汉、唐、宋、元、明、清等朝代都算是"民族国家"。或许,这只是我个人的一家之言,不足为信,不知可否获得大家的赞同?

四、秦以前夏、商、周(含春秋战国诸国),都不可以算是西方历史定义里的民族国家;五代十国这些国家,大体上说,恐怕也不能看做"民族国家",因为它们同样不具备或已丧失民族国家的三大条件。

五、在大国争霸、兼并战争连年的格局中,任何弱小民族国家的主权与领土岂有得到尊重？中外古今皆然，少有例外。拿破仑战争结束后，奥国首相梅特涅说意大利只是个"地理名词"；而当前某一超级强国不是在"人权超越主权"的名堂下，公然发动侵略战争，或者到处耀武扬威，把一些弱小的民族国家绑在自己的战车上？

六、文明国家与民族国家，不是对立的概念或范畴。前者可以是后者，后者也可以是前者。西方近代文明，是在民族国家形成过程中或之后，才比较充分地发展起来的。如文艺复兴、宗教改革、地理大发现、商业革命等，都和民族国家有着千丝万缕的关系。换言之，所谓"文明与民族之争"，是个不折不扣的伪命题。

七、有人把"文明国家"与"民族国家"对立起来议论，既令人费解，更不敢苟同！例如他说："当代中国表面是一个有五千年历史的文明国家，骨子里却是一个国家主权为核心的民族国家。"这是什么话？

八、"民族国家形成的过程，就是王权增长的过程。"这是当年我学西洋近代史一大体会。国王如何强化王权？一方面，借助工商业者的力量来削弱封建贵族；另一方面，又藉王家法庭乃至宗教国家化，来和教会势力斗争、较量。有趣的是：随着工商业的发展，资产阶级日益强大，国王又反过来依靠贵族与教士的支持，来对付工商业者（即资产阶级），而成为对抗性的阶级矛盾，最终导致"资产阶级革命"，如1789年的法国大革命。

九、有位学者试图从《威斯特伐利亚和约》中获得有关民族国家的"认知",然而,我认为:1)《威斯特伐利亚和约》是为终止"三十年战争"的而签订的国际条约,它对于民族国家的形成,的确起了一定的作用,也多少体现了民族国家的某些理念。2)该合约所涉及的关于民族国家的某些原则,还不足以涵盖西方历史上民族国家的内部基本特征,所以这样的认知是不完整的、不全面的、不正确的。3)民族国家既然是西方历史的概念,在民国之前,中国人把中国视为天朝,国与国的平等关系并不存在。至于西方的民族国家,同样以强凌弱,甚至大力推行殖民主义、帝国主义,哪有国际平等可言?

十、在我们华文里,"民族"与"国家"是两个不同的概念或范畴,但在英文中,"民族"是"Nation","国家"也是"Nation",反而不如华文明确。这可能他们是把 National States 或 Nation-States,简化为 Nations 吧?

(2013 年 3 月 31 日)

对"小"的忌讳

忌讳是人类的天性之一,古今中外皆然。因此,种类繁多,不胜枚举,对"小"的忌讳仅仅是其中之一。姑且不论"小"字是否多少含带贬义,人们对自己的身材或身体某部位,一般上是"宁大勿小"。如身材矮小者总怕人"小觑",说自己个子矮小。

就算对自己的国家民族,也存有类似的忌讳心态,而特意加上"大"字。您不妨翻开世界地图看看,英伦三岛,面积不大,却自称为"大不列颠";扶桑四岛,还不及青海一省,却竖起"大日本帝国"旗号;韩国嘛只有半个辽宁省,也有样学样,"大韩民国"是他们的最爱名堂。有人把这种心态称之为"岛民心态",不知是否切当?

反观世界上的泱泱大国,如俄罗斯、加拿大、中国、美国、印度、巴西,都不在自己的国名上加个"大"字,这也许是因为他们对"小"不存或少有忌讳吧?

同样有趣的是,国家越小则似乎对"小"越是忌讳,当人家提到"小红点"、"鼻屎"乃至"小国",我们的另类"爱国者"都按耐不住,气愤不已,拼命撰文反唇相讥!我想也是源于对"小"的忌讳或自卑心理吧?

其实,事出必有因,我们应该自我反省,理性地看待遭人"小觑"的原因。

当年日本侵略中国,激起同仇敌忾的抗日巨浪。为了"在战略上藐视敌人"的需要,而故意把"大日本帝国"贬为"小日本"、"小东洋鬼子",乃至戏称为"小鬼子"。凡与抗战有关的新闻、小说、电影、话剧,都是这样使用的,料必大家都耳熟能详。如果有人以此证明中国人存有"大国心态",那是很离谱可笑的!后来,毛泽东词作《满江红》甚至把反华大合唱里的成员,贬得一文不值:"有几个苍蝇碰壁,嗡嗡叫;几声凄厉,几声抽泣",同样基于战略上的需要——灭敌人的威风,长国人的志气!

与此相反,在对待本国少数民族上,当今中国人却非常忌讳用"小"字。例如:把"少数民族政策"说成"民族政策",把五个少数民族自治区说成"民族自治区",一概回避使用"少数"或"弱小"二字。其目的在于消除大汉沙文主义,但我个人总觉得,这种对"小"的忌讳,未免有矫枉过正之嫌。

大小是无法选择的,人体是如此,国土也是如此。况且人小多半短小精悍,国小既方便治理、美化,又容易走向繁荣富裕,所

165

以我们对"小"大可不必忌讳——只要不当"小人"或"小人国"就行。当然,也要有自知之明,千万不要狂妄自大,把自己变成了夜郎,那么类似"小红点"、"鼻屎"的话语,自然就会渐渐远去,不再出现!

切记:池塘里的青蛙,嘴巴虽大,叫声更惊人,但绝不会变成水牛或大象!

(2013年11月10日)

是"平衡中国",还是"遏制中国"

从字面上看,"平衡"与"制衡"是两个不同的概念:前者是 balance,后者是 Check and Balance;但用在美国对华政策上,什么"平衡"或"再平衡"Rebalancing,只不过是"制衡"的美名别称。所谓"平衡"不等于"制衡"或"遏制",不论出自何人之口,都属于自圆其说乃至自欺欺人!关于这点,让我就个人的长期观察,从几个不同角度加以论述。

首先是历史角度。无数史实表明,自上世纪 50 年代以来,美国的对华政策虽所有改变,但万变不离其宗——包围与遏制。大体言之,从 1953 年到 1969 年,实行政治孤立、经济封锁、军事包围,是美对华政策的主轴。1972 年尼克松访华,孤立政策终于宣告失败而结束,但封锁、包围基本上不变。中国改革开放后,政治交往、经济包容虽居主导位置,但军事包围与遏制依然如故。换言之,美国的战略目标,从来不是追求势力均衡,而是独霸亚洲当老大！奥巴马不是一再强调：We do not want to be No. 2？而"中美平衡"从未是一种"历史存在"（historical exist），可见"平衡说"毫无历史依据。

其次是现实角度。近数十年来，中国的综合国力蒸蒸日上，和美国的差距日渐缩小；然而，无论是政治、经济，还是军事、科技实力，都一律向美方倾斜。美国仍是世界上独一无二的超级强国，国民平均所得高达4万多美元，而中国仅仅是个发展中的大国或强国，国民平均所得为区区5千多美元（排名87位，远低于世界平均数），双方并不处于势均力敌的状态，而是明显的"美重华轻"。因此，如果有可能的话，需要"平衡"的应该是美国在亚洲的霸权主义势力——包括军事霸权、货币霸权与话语霸权。某些投机政客所谓"平衡中国"之说，毫无现实依据，既是个不折不扣的伪命题，更是为配合美国"重返亚太"（继续支配亚洲）而编造的荒唐言论！

其三是理论角度。"制衡"中的"制"是"牵制"、"遏制"，而"衡"则是"平衡"、"均衡"。假设"制"是有效手段，"衡"是最终目的，那么，二者犹如血肉，不可分割，没有制Check就不能衡Balance。说得更明白一点：当两个（或多个）动态力量，无论处于平衡状态，还是处于失衡状态，为了维持或改变现状，唯有使用两种手段。一是优势者加快发展速度，防止劣势者迎头赶上；另一是遏制劣势者的发展势头，让优势者继续保持优势。由于乙（如中国)发展速度,远远超越甲(如美国),所以后者惟有想方设法,遏制前者的发展,才能维持自身的绝对或相对优势。

综合上述,我所得结论是:在中美关系中,平衡＝制衡＝遏制,所谓"平衡中国",就是"制衡中国"乃至于"遏制中国",任何强词夺理都无济于事!

(2013年9月5日)

亡羊就得补牢

——创建"书香之家"的初步设想

近二十几年来，我们的珍贵文物不断流失：私人收藏从字画到书籍到盆栽，大量"流亡"到香港、马来西亚乃至上海等地。这对于我们国家社会而言，无疑是一种无法挽回、难以弥补的文化资源的损失，也是对政府、对国人一种莫大的讽刺与羞辱，怎不令人感慨万千？！

或许"亡羊补牢，犹未晚也"。为了防止、减少私人藏书继续"流亡"海外，我认为，必须及时创建"书香之家"（或称为"书香门第"），好让私人藏书在"主人"过世后，有个安身之处。办法其实很简单可行：由国家图书馆或宗乡会馆拨出一些空间，公开征集私人藏书，主要对象是拥有成千上万本书籍的读书人，以及知名的文化人——包括学者、写作人、艺术家等等。

由于这属于保留文化遗产的公益性文化举措，私人献书是无

偿的,"书香之家"应该可以做到以下几点:

1) 藏书应以个体(献书者)为单元、作分类,凡拥有大量藏书或特别收藏者,都一律按专柜(架)收藏;

2) 每一专柜都应附有藏书人的生平简介;

3) 藏书一概定位为"参考书",只能在"家内"阅读,不得外借;

4) 应有个优雅的阅读角落,让来访者可以阅读、喝茶、聊天;

5) 应有个复印机,提供复印服务;

6) 可以招募一些爱书人,担任义务工作;

7) 如有条件,也应可作为各家读书会的活动场所;

8) 如由民间社团创建,经费不足,则可请求企业家赞助。

随着网络时代的到来,"电子书"ebooks 的日渐普及,估计在不远的将来,很多旧书都将绝版而成为历史文物。其实,就我所知,藏书家中的许多书籍,早已绝版,属于珍贵的"遗产"。有鉴于此,"书香之家"的作用或角色,绝对不等同于一般的图书馆。它除了保留文化遗产之外,还可以向子孙后代传达重要的文化信息与价值观念:数千年来,书籍既是民族文化的最主要载体,也是我们获得知识的最主要泉源。然而,在殖民时代乃至建国以后,华文书籍非常匮乏,根本无法满足读书人的要求。一些有识之士,却爱书如命,省食节用,从学生时代开始,数十年如一日,就把找书、买书、读书、藏书当成他们文化生活的重要部分。他们离开人间后,这些文化遗产如果没有加以保存,或任其流落他乡,那是多么可悲、可叹的事情!

您想:这种由"书虫"所开创、体现的文化精神,把书籍当成珍宝,是否还值得我们与后人颂扬、传承?特别是在有人公然高调集体焚书之际!

(2013年10月22日)

成语教学经验谈

成语教学是华文教学的重要组成部分，无论在中国大陆、台湾、港澳，还是在海外，都是或应是如此。对于成语教学，我有一点点的成功经验，可以和大家交流、切磋。我认为讲成语故事，如一鸣惊人、草木皆兵、拔苗助长等等，最能引起学习动机，而讲解成语的文化内涵，也能取得良好的教学效果。但是，并非每句成语都有故事可讲，或者每句都包含做人道理、做事原则。因此，我们很有必要另辟蹊径，将成语教学多样化，才能使得学生更好地掌握一些常用成语。方法之一是分析成语的文字结构，说明其形成规律，这对学好成语同样大有帮助。

我用过的教学法，其实很简单可行，每位华文老师都能使用自如。首先，得让学生晓得成语的定义、来源，以及学习成语的好处，算是"引起动机"吧。然后，再进入具体的教学过程。

华文成语既然主要以四字为主，我们可以按照其四字结构，归纳为五六种类型,即 AABB 型、AABC 型、ABCC 型、ABCD 型、ABAC 型、ABAB 型,并且举例说明每一类型的特点如下:

一、AABB 型——如高高兴兴、熙熙攘攘、鬼鬼祟祟、吞吞吐吐、形形色色等,都是由两个叠词组成的成语,和双叠词没有两样,有着加强语气的良好作用。AA 与 BB 是平行的,都不能独立存在,必须并用才构成意思。

二、AABC 型——如嗷嗷待哺、彬彬有礼、蠢蠢欲动、喋喋不休、愤愤不平等,都是由一个叠词加上一个普通词语组成。前者 AA 用以形容后者 BC,使之形象化、生动化。后者本身有意思,能独立存在,前者则不然。

三、ABCC 型——如千里迢迢、情意绵绵、大名鼎鼎、威风凛凛、神采奕奕等,都是由一个普通词语加上一个叠词组成。结构恰好与前一类型相反,但作用却相同:后者 CC 所形容的,是能够单独存在的前者 AB。

四、ABCD 型——这类成语常用的似乎最多,结构比较复杂。例如水到渠成、出人头地、天长地久、内忧外患、安居乐业、耳闻目睹等等,在形式上都属于 ABCD 型,但在内涵上则有些差异。"水到渠成"只表达一个概念,即"自然形成";"耳闻目睹"却表达了两层意思,即"听到"与"看到",而且"耳"A 与"目"C 相对应,"闻"B 与"睹"D 相对应。

五、ABAC 型——这类成语数量不少,如毕恭毕敬、诚惶诚恐、古色古香、患得患失、戒骄戒躁、见仁见智等,都是很常用、很好用的。其特点是:第三字和第一字相同,第四字和第二字则多数相关或相对;它们和ABCD型一样,有的包含两个概念,如"患得患失",有的仅包含一个概念,如"毕恭毕敬"。

六、ABAB型——例如:彼此彼此、高兴高兴、关照关照、溜达溜达、琢磨琢磨等,都是由相同的两个词语叠加而成,相同语音的重复强调了词义,但此结构在成语中比较少见,在普通词语中反而多见。因此,有人不把它们当成语,有些成语词典也不收集。如欲省略,也未尝不可。

在讲解过程中,全体互动很重要,老师千万不要唱独角戏,"举例"部分一定要鼓励学生参与。同时,更重要的是,上述教学过程完成之后,为了强化、巩固、考查教学效果,必须分发"常用成语表"给每位学生。表中成语数量依年级、程度而定,但应不少于30句,而且必须包含所讲的五、六类型。只要学生能够把这些成语作正确分类,"使学生了解四字成语结构"这一教学目标,便可以完全落实了!

(2013年7月18日)

阿Q永垂不朽

阿Q遭枪毙,早死了,死得不明不白;但是他的精神没死,至今还活着,活得精神抖擞。就此而言,他并非如小尼姑所咒:"断子断孙的阿Q",而是子孙无数!

据《阿Q正传》,"阿Q最厌恶的一个人,就是钱太爷的大儿子"。"他先前跑上城里去进洋学堂",变成了假洋鬼子,也就是二毛子。按鲁迅先生的分类,二毛子属于高等华人,阿Q嘛当然属于低等华人。但是,他们俩既是未庄老乡,遗传基因图谱好些相同之处,似乎难以避免。借用台湾某大师的话来说,他们的"种"都不很好或都很不好,大概都属于孬种吧?

阿Q也喜欢女人,也明白"无后为大",只可惜小尼姑、小寡媚都始终不为他动情,奈何?所以香火无人继承。值得宽慰的是,他的精神胜利大法,却广为流传至今,后继大有其人在。

假如阿Q在天之灵,得知最早传承他的"大法"衣钵,居然是他最厌恶的钱大公子,不知心头什么滋味?不过,鲁迅先生倒有先见之明:阿Q死后不久,钱大公子一家大小,飘洋过海,来到南海小岛定居,并且和当地的同类,沆瀣一气,繁衍子孙后代。

上过洋学堂的钱大公子,自然选择进洋行当差,也改称为"密斯特钱"。新称呼使他得意洋洋,因为他早就听说,在上海滩,只有上等人才可以叫做"密斯特",这比"公子"时髦、高尚得多啰。尽管如此,洋老板对他并不客气,听说他和其他的同胞一样,经常挨骂受气——仅仅因为口音不准,没法把话说清楚?(如把name念成lamp?)他当然既郁闷又懊恼,幸好他的记性很好,牢记阿Q的至理名言,有时也捡来偷偷骂回一句:"我们先前比你阔多啦!你算是什么东西?"

似乎和阿Q有些不同,密斯特钱说这话,倒是有根有据的。钱太爷在世时,不止一次对他说:乾嘉时代,四夷朝贡络绎不绝,连红毛国贡使也得三跪九叩!即便到了鸦片战争前夜,大清还是世上最富裕的帝国呢。

密斯特钱后来发现,阿Q式的回马枪,效果欠佳,无济于事。他想:要改变现状,免像阿Q一样遭人欺凌,必须提升自家的红毛话水平,让洋老板刮目相看。于是乎明言规定,从今往后,家人之间不准再讲方言土语,对外也必须如此。同时,在洋学堂的十来个儿女,一律不再选读唐人书,以免受到污染,带来不良干扰。

经过这么一番折腾,若干年后,密斯特钱感觉极好,觉得一家子的红毛语,已达到红毛人的水平。然而,令他懊恼、费解的是,红毛老板不会欣赏,依旧认为怪腔怪调的,是一种"不落根"(broken)语言。这未免太伤自尊心了!如何是好?他不禁又想起了阿Q,当然还有他的精神胜利法。

密斯特钱绞尽脑汁,终于绞出一个新词儿叫Singlish。哈哈!这不就对了吗?我们家人讲的正是Singlish,干吗要以洋老板的English为准呢?报章不是常说,我们的语言应该尽量本地化,语音、语调、语汇、语法都要有本地色彩吗?反正语言没有对错,只要大家都能沟通,听起来又格外亲切,有什么不好的呢?阿Q精神一显灵,他的自卑感消失殆尽,心情又轻松愉快多了,走路也带点微风。

若干年又过去了,密斯特钱垂垂老矣,儿女们都早已成家立户。让他们这家万万想不到的,是学校必修"妈的烫"把他们给害惨了。几乎每个小毛子都被"烫"得焦头烂额,长出癞疮疤来,外科手术也起不了作用呢。

想当年,阿Q对头额上的癞疮疤,非常忌讳,但无可奈何,只能悄悄用帽子来遮掩。看如今,钱家对小毛子们头上的癞疮疤,同样非常忌讳,从来不许家人提起"妈的烫",就像阿Q忌禁"癞"字一模一样。但在遮掩手法上,似乎高明一些,例如:逢人便说方块字落后,毫无用处,早应废弃,不该浪费孩子们的宝贵时间和精力。又责骂教师古板没用,教导无方,引不起小毛子们的兴趣;

还在报纸发表咒语,说"妈的烫"是噪音,极力鼓吹 Just Singlish will do!

咒爹骂娘似乎使得钱家又胜利了、高兴了,小毛子们额头上的癞疮疤突然消失了。但面对西方不亮东方亮,东方巨龙在腾飞,他们内心日益忐忑不安,"走路也带点微风"的日子难以持续。因为钱家眼里只有"钱"字,听说那些会用方块字的人,在海外吃香喝辣,风光得很呢;而他们这群井底蛙,不仅只能坐井吃蚊虫,还遭人讥笑为二毛子、香蕉人,心里怎么能不懊恼、不气馁?幸亏记得阿 Q 有气就拿小 D 来发泄,钱家也拿咖啡店员工来当出气筒,说他们不会讲红毛话,所以服务不到家,应该滚蛋!如此雷同,够有意思吧?

(2013 年 6 月 18 日)

书名与笔名

《准风月谈》是鲁迅杂文集之一,出版于1934年的上海。我在学生时代读过它,还在书页内写下几句读后感呢,但文章内容早已忘得一干二净了。

几天前,再从书架上取来翻阅,觉得书名很奇特、很微妙,发人深思。为什么取名《准风月谈》?这还得从该书《前记》寻找蛛丝马迹。原来和报章要求"多谈风月"有关:民国22年(1933)5月,上海《申报》副刊《自由谈》刊出一则征稿启事,"吁请海内文豪,从兹多谈风月"。

既然是标榜言论自由的"自由谈",却又罔顾国难当前(按1931年"九一八事变"、1932年"一·二八事变"相继发生后,日寇又对华北虎视眈眈),公开要求作者多谈风花雪月,鲁迅对于征稿启事,很不满意,更不同意。他毫不客气地嘲讽道:这启事使得"老牌风月文豪摇头晃脑的高兴了","连只会做'文探'的叭儿们也翘起它尊贵的尾巴"。

在那内忧外患的年代,所谓"多谈风月",弦外之音不就等于"莫谈国事"、"勿论风云"？鲁迅先生虽不能接受,但又无可奈何(还要靠卖文度日呀),只好自我调侃一番:"但有趣的是谈风云的人,风月也得谈;谈风月就谈风月吧,虽然仍旧不能正如尊意。"接着他讽刺道:"其实,以为'多谈风月',就是'莫谈国事'的意思,是误解的。'漫谈国事'倒并不要紧,只要'漫',发出的箭石,不要正中了有些人物的鼻梁。"(见该书《前记》)

《前记》还告诉我们,从那年六月起,投给《自由谈》的稿件,就得用许多不同的笔名。为什么呢？鲁迅的解释更耐人寻味:"一方面固然为了省事,一方面也省得有人骂读者们不管文字,只看作者的署名。"他言外之意,似乎是说如再用"鲁迅"一名,不论文章内容如何,《申报》副刊都不愿、不敢发表,以免惹来麻烦。看来"鲁迅"早已被列入黑名单,所谓"不管文字,只看作者的署名",其实是指长着狗鼻子的"检查老爷们"。

《准风月谈》收集的六十多篇杂文,竟然用了二十个不同的笔名,最多的只轮用五次,"鲁迅"当然不在内。这些间隔出现的笔名是:旅隼、苇索、罗怃、荀继、洛文、余铭、元良、符灵、丁萌、子明、游光、越客、虞明、孺牛、尤刚、史癖、桃椎、敬一尊、丰之余、白在宣。鲁迅先生还清楚地告诉我们,《准风月谈》就是靠着这许多不同的笔名,"障住了编辑先生和检查老爷的眼睛,陆续在《自由谈》发表的"(见该书《后记》)。

有人统计过,鲁迅用过的不同笔名约有180个,应是世界上被迫使用笔名最多的作家。至于短短的五个多月内,在名为《自由谈》著名副刊上,先后使用20个不同笔名,恐怕也属前无古人、后无来者吧?尽管如此小心翼翼,编辑老爷的嗅觉太灵了,《准风月谈》的一些篇章,仍然遭到阉割或腰斩的厄运!

鲁迅先生把发表在《自由谈》里的文章,每篇都附上原笔名(共二十个),再加前言后记,集成书名语意双关的《准风月谈》,出版于烽火连天的年代。这足以显示鲁迅的睿智与诙谐——他才是真正的幽默大师,林语堂算得了什么?

(2013年6月7日)

雍正、乾隆都杀不得

过去,我常对学生们说:雍正、乾隆都杀不得,要杀也杀不死。我还说呢:"乾隆下江南"这一说法,其实并不正确,甚至有点可笑。为什么?学生们在惊讶、困惑之余,往往大声反问道。但我总爱卖个关子,故弄玄虚,不马上告诉他们答案,为的是引发好奇与学习动机。

答案其实很简单,一语可以道破:雍正、乾隆都不是人!或者说得明确些,它们本身既不是人名,也不是帝号。它们只是抽象的年号,属于时间概念或范畴,就像"民国"、"公元"一样,当然就"杀不得"、"下不了江南"咯!

自汉代武帝以来,历代皇帝都有各自的年号与帝号,历史家对此十分重视,绝不含糊。年号和国号一样,是皇帝在位时就使用的。汉武帝时开始建立的第一个年号,称为"元鼎"(公元前116年,称元鼎元年),后代仿而效之。年号在实行初期,通常出现"一皇帝多年号"的情况,如汉武帝在位五十多年,就用了十一个年号。当然,也有只用一两个年号的,如唐高祖只用"武德",唐太宗只用"贞观",唐玄宗也只用"先天"、"开元"、"天宝"(其中"先天"仅用一年,往往省略)。

到了清代,因历朝采用单一年号,而逐渐形成了以年号来称呼皇帝的习惯。然而,无论如何,在年号上必须加"皇帝"或"帝"字,如"康熙皇帝"、"乾隆帝"、"道光帝"等,才算是正确的称呼、合理的用法。不论何人——即使是什么专家学者,如果忽视了这点,在什么世纪讲堂大谈"乾隆下江南",恐怕就会成为学术界的笑柄!历史是一门科学——社会科学,遣词用字也讲究精确,不得随意乱用。别忘了"差之毫厘,谬之千里"的古训。

帝号则包含庙号与谥(shi)号,都是在皇帝死后才可使用的,秦代是个特例。[①] 庙号是指皇帝死后,在太庙立室奉祀时特起的名号,表示子孙对死者的追忆、崇敬,如汉高祖、唐太宗、明太祖等。因此,我们可以借助庙号,了解某皇帝的历史地位,如高祖、太祖必定是新王朝的创建者,而太宗则是高祖或太祖的继承者,也就是第二代皇帝。我认为,庙号是宗法制度的产物,与宗法并存。

[①] 秦始皇统一中国后,为了强化皇帝的权威,而废除了谥法,自称为"始皇帝",其后继承者则称为"二世"、"三世"……

谥号产生于周朝的谥法,含有评价性的褒贬成分。从周代开始(秦除外),每个天子死后,史书就根据他生前的政绩、为人、遭遇等,给予他一个名号,称为谥号。谥号所含一些固定字眼,如文、武、德、炀、殇、哀等等,都有特殊的含义。凡是在文治方面有些作为的,就称为文帝;对开疆拓土、巩固国防有功绩者,就称为武帝。如是实施暴政,劳民伤财者,谥号"炀帝"或许难以避免;如是年幼继位,不久驾崩,就可能成为"殇帝"了。至于"哀帝"嘛,死得很凄惨,自然不在话下。我觉得在以史为鉴的正统史观指导下,谥号对抑制皇权,起着一定的作用。

那么,如何区分史书上的庙号和谥号呢?大体言之,凡称为"祖"、"宗"的是庙号,凡称为"帝"的是谥号。在各历史时期,习惯上的称谓又有些不同:唐朝以前,一般都只称谥号,如汉光武帝、魏武帝、隋炀帝等;唐朝以后,一般都称庙号,如唐太宗、宋太祖、明神宗等。不过在这期间,旧史帝纪多将庙号与谥号并用,如李隆基的庙号是"玄宗",谥号是"至道大圣大明孝皇帝",《新唐书》帝纪即将二者并称连用(即"玄宗至道大圣大明孝皇帝")。(按:此谥号关键词是"明"字,所以唐玄宗又被称为唐明皇。此外,由于有的谥号很长,史书只好用其简称。)

上世纪七十年代,我有幸受教育部任命为中学历史课本评审员,任务是评估华文译本的正确性,并裁定(建议)是否适用为课本。结果出乎意料:华文译本错误百出,而英文版本在涉及中国历史方面,也是一塌糊涂,其中包括年号、庙号、谥号部分。① 我费了九牛二虎之力,写成二十几页的评审报告,还无法指出译本的全部错误(其中包含源自英文版的错误)。由于英文版本的评审,不是我的职责所在,我既没义务、也没法子用英文把一些问题(如庙号、谥号、嫡长子、宗法制等,都没有英文同义词吧?)说得一清二楚,只好让他们将错就错、误人子弟啦!

(2013年8月1日)

---

① 在汉字文化圈内的朝鲜、越南和日本,因受中华文化影响,其古代帝王都有年号与帝号(其中朝、越最高统治者庙号、谥号兼用),且以年号作为重要历史标识,如"大化革新"、"明治维新"等。

"白马非马"之妙论

在先秦诸子十家九流中,议论"名"与"实"之关系者,后人称之为"名家"。这家主角公孙龙是个不折不扣的怪物,常爱发妙言怪论,属于哲学思想中的诡辩派,"白马非马论"即其闻名古今的杰作。

传说某日公孙龙骑马出城,去到城门口,却遭遇了麻烦。因为守门者按照惯例,只准人进出,马则不行。如何是好?公孙先生急中生计,居然施诡辩之术,以"白马非马"妙论,让守门者无言以对,最终十分得意地骑着白马出城去!

传说的真实性如何,我想这并不重要,也无从考证。大家感兴趣的,应该是公孙龙如何论证"白马非马"吧?原来他的逻辑大致如此:马是一个形体,白是一种颜色,二者属于不同的客观范畴;加上颜色后的形体,就不是原来的形体了。况且马有多种,除了白马,还有黄马、黑马,我们不能将之涵盖于白马中,所以白马不等于(不是)马。

为了让学生进一步理解"白马非马"之说,我曾沿着与公孙龙的思路,不止一次做过以下的"独家解读":

假设"白"是 X,"马"是 Y

那么 X 加 Y 不等于 Y;X 乘 Y 也不等于 Y

可见白马不是马

你们猜想,学生的反应如何?可想而知,他们通常全神贯注,睁大双眼,但对我的数学式推理,似懂非懂,满脸狐疑困惑。

当然,"解惑"是教师的天职,对于学生的疑惑,我必须很明确地告诉他们:"白马非马"是一种悖论,一种形式逻辑,形似是而实则非。公孙龙以偷换概念的手法,标新立异,推销其诡辩之术——形而上学逻辑,从而达到了哗众取宠、欺世盗名的目的。

两千多年后的今天,我们还不难找到公孙先生的信徒。随便捡个实例:大约在十年前吧,有人想为"胡姬花"正名,主张改用"兰花",以免造成不必要的误解、混乱。因为除了新马,中国大陆、台湾、香港以及世界各地,一律使用"兰花"。不料跳出一位"植物专家",说"胡姬花"虽属于兰花科,但只是兰花的一类,不可称之为"兰花"。你想他的"胡姬非兰"与公孙龙的"白马非马",在本质上或逻辑上有何区别?无疑是"白马非马"妙论的翻版!

这位仁兄大概不知道,咱们国花的华文名称就叫"卓锦万代兰"！而中国人对兰花的历史认知与文化素养,咱们永远难望其项背！① "胡姬"只不过是英文 Orchid 的方言译名(福建话),并不高贵典雅,有什么独特性而值得保留？恐怕是敝帚千金的心态在作祟吧？

更加有趣的是,《随笔南洋》的网友中,居然有人以"白马非马"为名,发表很多妙言高论。这位白马王子是否也是公孙先生的徒子徒孙？老朽难下结论,因为他有时也采用诡辩之术,强词夺理,乃至胡说八道；但有时又言之有物,见解独到,立论还能令人信服！

---

① 关于兰花在中华文化的历史与地位,包括在诗文、书画、陶瓷、名字中的文化蕴涵,可以写成让这位专家无法理解的许多专著。

在"中立"表象的背后

人们对于同一事物的看法,往往不同,甚至相反、对立,其根本原因在于彼此立场不同、观点各异。在国际争端或国际事务中,当然更是如此。

也许有些人认为,凡事中立是最佳的选项,但事实上,世界上近二百个国家,像瑞士这样的真正中立国没有几个。换句话说,绝大多数国家——包括不结盟国家,在国际争端中有时还在"中立"幌子下选边站,其背后隐藏的主要是眼前利益。既然当权者认为,国与国之间,"没有永远的朋友,也没有永远的敌人,只有永远的利益",那么这种虚伪的"中立",或许难以避免,也"无可厚非"吧?

然而,作为一种个体行为,在大是大非面前,一概选择"中立",则意味着什么?是否意味着自己公正、客观?意味着自己很聪明、很光彩?我想答案就在中立表象背后的奥秘。

姑且撇开个人利害关系不谈。凡事中立者，其智商情商一般均低于常人。因为智商低、视力差，眼前呈现的都是迷蒙的灰色地带——自己把黑色、白色都看成灰色，以致是非观念荡然无存。他们或者知识文化水平不高，理解判断能力不强，在错综复杂的国际争端中，无法判断谁是谁非，"中立"当然就是最好的借口。在中美争端中，有人公然宣称："我们亲美但不反中"，够有意思吧？

他们或者缺乏正义感，面对法西斯主义、霸权主义，明知都是战争的根源，但却选择了回避，甚至把侵略战争与反侵略战争混为一谈。他们或者没有"历史感"，不知以史为鉴的重要性，大力提倡"历史包袱论"或"历史解决论"，为自己的"无知的中立"，找到了一块很厚很厚的遮羞布！

（2014年2月19日）

漫谈国家与政府

"国家与政府"是个大题目,可以写成数十万言的专著。在此,我只想简要解释其基本含义,并举例说明二者之区别,因为有些网友对此的认知很有问题。

对于国家与政府的定义,各家各派学者有不同的说法,但其内涵有两点是相同的:国家包含国土、国民与政府三大成分,缺一不可;政府则是由统治集团组成的,其行为未必符合国民意愿或国家利益。其次,国家可以永恒不变,政府则可以随时改变,所以国民效忠对象只能是国家,绝不是政府。

有了这点基本认知,我们对各国的内政与外交问题,对世界的战争与和平问题,以及对于历史遗留的各种问题,才能做出比较正确的判断、评论。例如:美国的霸权主义行径非但破坏世界和平稳定,也不符合其广大国民的意愿,所以我们反对当权者的霸权主义,并不等于讨厌、排斥美国和美国人。(反美霸权者,可能送孩子到美国读书,或移居美国,原因就在于此。)

当年,数十万、上百万美国人游行示威,反对越战,反对美国政府,您说他们都是叛国者,还是真正的爱国者?当年,咱们反对殖民主义,对象是英国或英国人,还是英殖民地政府?今天,咱们反对日本政客参拜甲级战犯,难道是记恨日本国,是和日本人民作对?其实,当今日本的有识之士,也同样反对日本军国主义幽灵,就像当年也有英国人支持反英殖民主义一样。

总之,在国家与政府之间划上等号,是很幼稚可笑的。人民效忠国家是无条件的,但对于政府的行为,不可能是无条件支持;要不然,当年克林顿、布什(前美总统)就不会逃兵役,如今斯诺登就不会"大义灭亲",为了正义和良知,而揭发自己政府的窃听丑行啦!

"欧洲中心论"与"中国中心论"

　　世界历史家将以欧洲为世界历史中心的历史观念,称为"欧洲中心论"(Eurocentrism)。这是因为自文艺复兴、地理大发现后,欧洲最先步上工业革命道路,加上资产阶级的政治改革与政治革命,欧洲的确一度成为世界的经济、政治、文化中心。同"欧洲中心论"相比较,"中国中心论"(Sinocentrism)不但历史更加悠久,而且呈现迥然不同的政治形态与文化特质。

　　在某种意义上说,"欧洲中心论"基本上是借助殖民主义、帝国主义的军事扩张、征服、占领来实现的,而"中国中心论"则主要依靠非军事手段来宣示,汉代张骞、班超出使西域是如此,明代郑和下西洋也是如此。

　　有学者以此证明中华民族爱好和平,因为先秦儒家就强调"远人不服,则修文德以来之";但我个人认为这一历史现象和民族性无关,真正的原因是在农耕自然经济基础上建立的中华帝国,而且地大物博,基本上可以自供自足,并不需要建立殖民地或海外市场以取得特殊商品。包括唐人在内的古代中国人所追求的政治理想,只是以中国为中心的政治大一统与民族大一统。而这两种大一统理想的现实,除了建立单一的中央集权体制外,就是周边国家持续不断向中国遣使入贡,承认天朝居天下之中心位置,具有驾临其他一切国家的权威。历史事实证明,古代中国人的政治虚荣心不难得到满足,因为周边中小国都能从朝贡中获得比较丰厚的物质回报,对遣使朝贡总是乐此不疲甚至争先恐后。

西方一些历史家也注意到长期存在的"中国中心论"下的政治大一统理念,如著名的当代英国历史家汤恩比(A. J. Toynbee)就说过:"远东统一国家的满清皇帝在外交事务上也表现了同样的心理,他们认为世界上的一切政府,包括西方世界的政府在内,都是在过去某一个无法确定的时期,由中国王朝敕封的。"

显然,"中国中心论"早已过时,而"欧洲中心论"也为"美国中心论"所取代。那么"美国中心论"能够持续多久呢?这个问题很难回答。但是有一点似乎很明显:地球在转动,世界经济文化的重心也在不停地转移——由西方移向东方,"多国中心"必将取代"美国中心"。

(2009年8月30日)

再谈"分久必合"

"如果真心认为'分久又合'是中华帝国历史的常态,那前提是必须也有'合久必分'这个对立面才能成为理论。可我看多数人津津乐道的是'分久又合',对另外一面'合久必分'是不愿不会不肯以平常心来看待的"。

网友五恨先生以上的言论,我觉得很有意思,所以特地予以下的回应:

"分久又合"只是说明一种历史现象或客观事实,而不是什么理论,所以未必需要和"久合又分"相提并论。当然,用以阐释这一历史现象,则属于历史哲学或历史理论。

至于"分久必合,合久必分",则来自《三国演义》里的卷首语。原话为:"话说天下大势,分久必合,合久必分。周末七国分争,并入于秦。及秦灭之后,楚、汉分争,又并入于汉。汉朝自高祖斩白蛇而起义,一统天下,后来光武中兴,传至献帝,遂分为三国。"

由此可见罗贯中所谓"分久必合",是指秦之统一中国,结束战国时代;"合久必分",则指统一的两汉分裂为三国鼎立。只要翻开历史,便可知道:此说在宋代之前仍适用,但之后与明清两代乃至近代中国,基本上维持了政治大一统,"合久必分"似乎已不具多大说服力。虽然至今还有人津津乐道,"七块论"居然也有市场。况且,《三国演义》只是一部历史小说,罗贯中也不是历史家,他所陈述的仅仅是一种历史现象。

其次,自秦至今二千二百余年间,大分裂只有385年左右,所以我认为"大一统"是中国历史之常态,而大分裂则属于不能持久的异态或非常态。这与是否能以平常心看待罗贯中所谓的"合久必分",似乎没有任何关联吧?(关于宋代中国,有视之为统一王朝者,也有视北宋为统一王朝、南宋为分裂时代者。)

其三,从先秦诸子起,有识之士(如孟子)就已充分认识:分则乱,合则治;乱则衰,治则盛。而黎民百姓只有在治世盛世,才有可能安居乐业。因此,古往今来,有识之士都是支持国家统一、反对国家分裂的。素来对当权者的历史评价,在很大程度上,也是视其能否实现或维持政治大一统而定。网友们对此说如有疑问,可以阅读正史(如《隋书》《晋书》)中几篇本纪,从而了解史家对开国者与末代帝王的评价。

(2008年8月9日)

回应英国《金融时报》文章

《加入超级大国俱乐部的弊端》这篇出自英国《金融时报》主编之手的文章写道:"尽管中国军力存在弱势,但在舆论看来它已经是一个超级大国了。现在的问题不是中国是否会成为超级大国,而是它会成为怎样的超级大国。""身为超级大国并不总是风光和愉快的。"

"近期对欧洲最大五国的民调显示,欧洲人首次把中国列为全球稳定的头号威胁"。"事实上,当今中国与美国的相似之处惊人的多:既包括乐观和自信,还有傲慢和对外界一定程度的无知"。

从历史角度看,在 18 世纪之前,中国一直是个超级大国,所以中国再度成为超级大国,乃是历史之必然,西方任何势力都无法制止。优秀的西方历史家如汤恩比等人,对此应无异议,因为他们深知世界经济中心总是不断转移的。所谓风水轮流转,"三十年河东,三十年河西",多少与此有点相似吧?

从现实角度看,中国幅员广袤,人口众多,人民聪明能干、勤劳刻苦,领导人不关注自己的荷包(不与总裁比薪金),所以综合国力发展神速,成为超级大国只是时间问题。这是西方国家所必须面对的局面,英德法日等国不应存有酸葡萄心态。

中国人最懂得"己所不欲勿施于人"的道理,所以毛泽东早就提出"中国永不称霸"。在中国国土以外,从未驻有一兵一卒,也从未在海外耀武扬威。在成为超级大国之后,中国也不会推行霸权主义,以免成为众矢之的,重蹈苏美之覆辙。西方人大可不必为中国人担心,更不应以小人之心度君子之腹!

从毛泽东、邓小平、江泽民到胡锦涛,中国领导人从未对他国的内政指手划脚,说三道四;反观西方一些政客往往挥舞着"人权"大棒,到处干涉他人的家务事,教导他人如何治理国家。大国政客如此,小国政客也有样学样,因为不这样做作,就没有机会在报纸上亮相,就没有人知道他们的存在。

让我举个有趣的例子吧:北京机场 T3 比伦敦希斯罗机场 T3 要大得多,两者都在今年初起用。但前者井然有序,乘客十分满意(笔者亦在内);后者据报道乱七八糟,丢失行李多达万余件,乘客怨声载道。为什么出现如此巨大的反差?尊敬的主编先生,您在夜深人静时不妨好好想想:英国人连一个机场都管理不好,还有什么资格"教导"或"提示"中国人如何管理好自己的国家?缺乏自知之明,正是某些西方人的通病。

(2008 年 5 月 17 日)

外汇储备到底是什么

外汇储备是媒体上最常出现的词语，但它到底是什么？恐怕大家不甚了了。根据《百度百科》的解释，"外汇储备（Foreign Exchange Reserve），又称为外汇存底，指一国政府所持有的国际储备资产中的外汇部分，即一国政府保有的以外币表示的债权。它是一个国家货币当局持有并可以随时兑换外国货币的资产。"

"狭义而言，外汇储备是一个国家经济实力的重要组成部分，是一国用于平衡国际收支，稳定汇率，偿还对外债务的外汇积累。

广义而言，外汇储备是指以外汇计价的资产，包括现钞、国外银行存款、国外有价证券等。外汇储备是一个国家国际清偿力的重要组成部分，同时对于平衡国际收支、稳定汇率有重要的影响"。

我想就我所知，加点补充说明，主要针对外汇储备的以下来源：

一、是来自进出口贸易持续顺差积累形成的外汇储备。(其中包括外商所有部分)

二、是来自外来直接投资(FDI)形成的外汇储备。(外商需将外币换成投资国货币,才能投资)

三、是来自外汇储备的资产收益。(可通过购买外国国债、对外投资等方式获取)

四、是来自国际投机资本,即所谓的"热钱"。(随时可以外流)

五、是来自外国机构、个人的外币存款。(同样可以提取汇走)

从上述外汇储备的来源看,外汇储备并非全属国家资产,其中一部分属于外国人在本国的资产。换言之,外汇储备是由"资产"(assets)与"负债"(liabilities)两部分构成。这点认识非常重要。我敢说,一般人并不具备这一经济学常识。

外汇储备既然是由"资产"(assets)与"负债"(liabilities)两部分构成,有点类似商业银行的总资产。总资产中的负债部分虽然不属于银行所有,但银行可以自由支配、利用。外汇储备中的负债部分,同样不属于该国所有,但该国同样可以自由支配利用。不知这样的比喻是否切当?

(2011年8月10日)

愚民三策

人类社会发展到了某个阶段,出现了孟子所谓的"治人者"与"治于人者",治人之术便随着出现,中外皆然。在治人之权谋数术中,低成本、高效益的,便是愚民之三策。

在古代,孔夫子曾说:"民可使由之,不可使知之。"这话说得好,无知则无欲或寡欲,无欲则不会犯上作乱,是人类的通性。那么,古人如何落实这一金科玉律? 由于书籍是人类知识的主要来源,禁书、焚书、删书,便成为治人者的绝佳手法。先是秦始皇的焚书坑儒,把秦史、医书及种树、卜卦以外的各种书籍,一律焚毁。这是大家都知晓的史实,毋庸在此赘言。

西方治人者也不遑多让,在漫长的中世纪黑暗时代,文字狱盛行,而罗马教廷在16世纪还炮制《禁书目录》,超过四千多种书籍因"异端邪说"等理由而被禁,遭全禁的作者则多达数十人。

在禁书、毁书的同时,东西方的治人者不约而同,大兴文字之狱，即借助文字上逐句的思想审查，把持异议者投入牢狱，禁锢数十载，甚至加以流放、杀害，以达到愚民之目的。以上是愚民第一策，但过于赤裸，似乎不太高明。

愚民第二策比较高明，它也是全球性的，而且横跨古今，历久不衰。鉴于高压手段必然引起反抗，不宜单独、长期使用，必须辅之以迷惑，乃至以迷惑取而代之。公开或暗地里提倡宗教迷信，以及形形色色的宿命论，因为它们不是鸦片烟，就是迷幻药，都非常管用。

它们能使得治于人者相信，个体的生命除了"今生"，还有"来世"；今生尽管做牛做马，只要安分守己，来世便可以"融入"极乐世界。同时，还得让人们相信，人家坐轿子，自己抬轿子，都是先天注定的，谁也改变不了！既不可怨天，更不得尤人，所谓"听天由命"正是这个意思。

当然，这世上总会有些人不安于现状，所以还必须提供各种改变命运的"特殊途径"，如求神拜佛、购买彩票，甚至还要人们相信：借助神棍的"超凡"力量，或许会出现改变现状的奇迹。

宗教迷信越是盛行，越是"丰富多彩"，则说明愚民第二策成效显著，这似乎是毋庸置疑的！

不过，随着教育日益普及，"信众"不可能全民化，推广宗教迷信的空间毕竟有个限度。因此，愚民第三策便悄然应运而生，把治于人者变成经济动物，即把人变成金钱、物质的奴隶，乃其核心内容。

按照马斯洛的需求理论,人类对物质的需求,是最基本的、最低级的,然而治人者却故意把它极大化,升格为人生的唯一目标、最高理想。在适当而无形的引导下,为了实现3C或5C的人生梦想,人们几乎没别的选择,惟有把毕生的时间与精力,都消耗在"赚钱"的工作上。

每天超时超量的工作负担、压力,使得人们身心疲惫不堪,自然大大地压缩了人们的思维空间,弱化了人们的思维能力,包括明辨是非的判断能力。什么社会正义,什么公平合理,什么民族灵魂,只要事不关己,都一律高高挂起!这是治人者最喜见乐闻的,因为愚民之新策正在不断发酵,并取得了"疲劳轰炸"的预期效果。

治人者当然明白:人们一旦沦为"三奴"(3Nu)——钱奴、房奴、车奴,非但EQ降低,变得庸庸碌碌,而且为了保住工作,必须明哲保身。人们一旦患上"政治冷感综合征",视觉模糊不清,眼前只有灰色,没有黑白,治人者就大可高枕无忧了!

相比之下,在愚民三策中,应以第三策最为先进、高明,属于上上之策,因为治人者从中还可捞得"贤明"之美誉呢!

(2013年11月25日)

听时代歌曲，把历史脉搏

读了怀鹰兄的散文，还有他附贴的时代歌词，触动了我的心弦而写下这些话语。我在胶园里出世，在胶林度过不一般的童年，《胶林我们的母亲》《胶林之歌》自然对我尤其亲切。

除了怀鹰兄提供的歌曲，在我脑海中荡漾的还有以下几首：

《马来亚的天》
马来亚的天，是晴朗的天，
马来亚的人民爱和平。
马来亚的太阳，永远不会落，
争取独立的歌声，永远唱不完！
为什么我们不歌唱？为什么我们不喜欢？
放开喉咙歌唱吧，独立歌声响连天！

《同学们的队伍无比坚强》

同学们的队伍无比坚强,

百战百胜无阻挡。

团结的力量坚如钢,

敌人见了心就寒。

五一三大流血,

同学们呀大团结。

为了正义争到底绝不妥协,

站在斗争队伍最前线!

在马来亚历史上,五十年代是个特殊的年代:它是个最坏的年代,也是个最好的年代;是个动荡不安的年代,也是个激情澎湃的年代。听了这些时代进行曲,我们多少会感觉历史的脉搏在不停地跳动着!这是集体记忆,这是历史回响,你听听吧:

《团结就是力量》

团结就是力量,

团结就是力量!

这力量是铁,

这力量是钢!

比铁还硬,

比钢还强!
朝着伟大理想前进,
让一切不合理的制度,死亡!
向着太阳,
向着光明,
向着马来亚,
发出万丈光芒!

《我们要猛迪卡》

一、

向前走、别退后,
独立旗帜飘扬前头!
我们要猛迪卡,
我们要猛迪卡!
我们再也不能忍受,
我们再也不能忍受!

二、

人权被剥夺,
土地被强占!
祖国的土地,
再也不能被人蹂躏!

同学们，

别退后、别退后！

争取独立的马来亚。

独立、独立、独立！

我们坚决要求独立！

以上两首歌是三人的集体记忆，如有错误、遗漏，请指正。同时，期望其他朋友也开动脑筋，提供更多的时代歌曲。

从这些歌曲，不难看到受华文教育者在新马独立运动中的角色。

这个年代的年轻人是很幸运的，因为我们虽面对失学失业的痛苦煎熬，但却有机会投身于争取民族独立运动的洪流，有机会高唱时代进行曲，有机会推动社会政治发展，成为历史变迁的参与者、见证人！

（2009年3月10日）

你唱过毕业歌吗

你唱过毕业歌吗？我曾问一位上海朋友。

"没有。"她满脸笑容，眯着眼睛，摇一摇头。

"什么是毕业歌？"她有些迷惑。

"就是和毕业生即将各奔前程有关的歌曲，通常由毕业班学生在毕业晚会上演唱。"我还告诉她，在那个不寻常的年代，我们唱的毕业歌也是不寻常的，就如以下两首：

《别离》

一、

唱起我们的歌来，

不要为别离悲哀。

我们是时代的主人，

伟大的责任在身上。

我们有共同的理想，

我们有共同的信仰；

向共同的目标前进，

好像不分别一样。

二、

燃起理智的火把，

踏上人生的战场。

在这古老的土地上，

唤起了新生的力量。

我们有共同的理想，

我们有共同的信仰，

向共同的目标前进，

好像不分别一样。

  同窗多年，一旦各奔东西，难免有些悲伤，对于织梦年华的年轻人更是如此。但这首名为《别离》的毕业歌，却把毕业当成"踏上人生的战场"，"向共同的目标前进"，充满着年轻人独有的豪情壮志！而以下这首《毕业歌》更是特殊时代的产物，慷慨激昂，令人热血沸腾：

《毕业歌》

同学们，大家起来！

担负起天下的兴亡。

听吧！满耳是大众的嗟伤；

看吧！一年年国土的沦丧。

我们是要选择战还是降？

我们要做主人去拼死在疆场！

我们不愿做奴隶而青云直上。

我们今天是桃李芬芳，

明天是社会的栋梁；

我们今天是弦歌在一堂，

明天要掀起民族自救的巨浪！

巨浪，巨浪！

不断地增涨！

同学们，同学们！

快拿出力量，

担负起天下的兴亡！

  我们当年新马的学校教育，是"国家至上、民族至上"，抗战救亡也是我们学生的责任，所以即使到了战后，我们唱起这两支歌曲时，仍然满腔热血沸腾，慷慨激昂！在新马独立之前，我们是华侨，是中国公民，爱的理所当然是中国了。这点大家不该有异议吧？

（2009年3月12日）

打油诗是开胃小菜

打油诗虽有个"油"字,但它并不油腻(故无损健康),而是酸溜溜、辣乎乎的,或者酸中含辣、辣中带酸,很有化油解腻的作用,所以称之为开胃小菜(患胃病者除外),应颇为贴切吧?

一、

假如您是华侨中学或南洋女中校友,不论年长年幼,也不论毕业离校多久,想必都听过以下这首打油诗《无题》:

> 南洋女子中,
> 读书不用功,
> 走路屁股摇摇动,
> 打了钟去找华中。

这首歪诗看来出自华中学生之手,已流传了至少六七十年,成了经典之作,而且还将继续流传下去,不管它是否将收入新华文学史册。它琅琅上口,生动风趣,寓意不凡。一句"走路屁股摇摇动",使妙龄少女的迷人体态,跃然纸上;在打钟放学后,女生不马上回家做功课,却"摇"到迷人的华中山岗来找对象,足见咱们华中男生的魅力不一般!但是,您可知道,其中因"找不到华中",而遗憾终身或相逢恨晚者,不知还有多少呢?

二、

假如您是个独身主义者,或者在婚姻上不幸遭遇挫折,而正打算更换人生跑道,不妨借这首《婚姻》相互调侃、自我安慰一番:

结婚是失误,
离婚是觉悟;
再婚是谬误,
复婚是执迷不悟。
单身就什么都不耽误。

常言道,男女因不了解而结合,却因太了解而分手。"结婚是失误,离婚是觉悟",大概就是这个意思吧?"婚"是诗中的关键词,而此字从"女"从"昏"(女+昏=婚),我想它应含有二义:一是"女人一结婚就头昏",一是"唯有昏头女人才结婚")。"误"是另一关键词,也是韵脚,前后出现四次,一"误"再"误",令人印象深刻,足以点破此诗的主题。(姑且听之,不可信之! 若同国家奖励生育政策唱反调,岂不成了"反国家、反社会分子"?)

三、

请别问作者是谁,打油诗属于山寨诗,作者均佚名。还有《无题》,在南大云南园也曾流行一时:

一年笑,
(男生多女生少,追求者多,乐开了怀,但都一笑置之)
二年瞧,
(男生一旦敬而远之,只好采取主动,东瞧瞧西看看)
三年焦,
(眼看身边女生有了对象,自己心焦如焚,变成了热锅上的蚂蚁)
四年没人要!

(如果大三还找不到对象,恐怕就失去了最后机会啦! 来自男生的警告)

(2010年4月1日愚人节)

从一小时变成三小时

作为老一代公务员,我与妻儿看病都是免费的,所以多少年来,都到综合诊疗所看病。

上世纪七十、八十年代,我们还不富裕,还处在第三世界。综合诊疗所并不堂皇美观,收费低廉,应该也属于第三世界;然而,看病从挂号到拿药,通常不超过一小时,有时甚至半小时就搞定了!

如今,我们富裕了,变成了第一世界国家,综合诊疗所都改建、装修得美轮美奂,足以同任何富裕国家媲美。大家理应为此高兴、自豪才是吧?然而,大家即使不怨声载道,也都高兴不起来,因为如今看病难、过程长:排队取号约 5 分钟,挂号登记约 25 分钟,等候诊断约 2 小时,等候拿药约 30 分钟,总共不少于 3 小时。更令人费解的是,白纸黑字明文规定星期一到星期五,挂号登记于下午 4 时截止,可是有时不到 3 时半就提前截止了,让许

215

多病人碰钉子,理由是病人太多。

试问:我们当今的大众医疗服务是进步了呢?还是倒退了?对于病人来说,最主要的心理需求是什么?是美轮美奂的硬件(建筑)?还是令人舒心的软件(服务)?

当我们国家还在第三世界时,我们在综合诊疗所看病通常不超过一小时,享有第一世界的快捷服务;如今看病时间从"一小时"变成"三小时",难道这不等于退化为第三世界的服务水平?

从一小时变成三小时,显然是在倒退!那么,为何出现这样令人揪心的倒退现象?

(2011年5月3日)

打谷场拾穗之一

一、爱撒谎的牧童,高喊"狼来了",第一次戏弄了每个听到喊声的人,第二次只欺骗了几个傻瓜,第三次连傻瓜也不信了。十几二十年前,有个姓章的爱撒谎文人,写本《中国即将崩溃》,居然一时洛阳纸贵,也骗了不少傻瓜的钱财,但如今声名狼藉,沦为世人之笑柄。此人小时肯定没听过"狼来了"的故事!

二、就我所知,中国领导人从未对他国内政指手划脚,说三道四。反观西方一些政客,往往挥舞着"人权"大棒,到处干涉他人的家务事,教导他人如何治理国家。大国政客如此,小国政客也有样学样,因为不这样做作,就没有机会在媒体上亮相,就没有人知道他(们)还存在人间呢!

三、"刁民"是个官方专用语。在"明镜高悬"匾牌下,县官老爷经常喊道:"大胆刁民,还敢狡辩?!"可见敢于狡辩、得罪官府老爷者,就是"刁民"。老朽素来奉公守法,敬业乐业,对国家社会没有功劳，也该有点苦劳吧？何况如今还发帖子，致力鼓吹用"鸡毛当令箭"呢！因此，只要来日不得罪官府老爷，显然就是"良民"一个（虽级别最低）也。

四、人的行为基本上可以分为三大类：个人行为、社会行为、国家行为。如果不明白三者性质、意义截然不同，而在网上和人争论不休，只能自显其浅陋。例如：你我评论香港回归问题，属于个人行为，不存在什么干涉内政；美国总统评论香港回归问题，则属于国家行为，所以才可能存在干涉内政问题。两者绝对不能混为一谈！

五、语文的国际地位，取决于相关国家的综合实力与国际地位，所以上升与下降，都是可能的。例如：文艺复兴之前，拉丁文是西欧通用语，英文、法文等都仅是方言；之后，随着民族国家兴起，民族语言才取得国语地位，其中法文脱颖而出，成为西欧各国通用语。如今英文的国际地位显然与英美先后崛起、称霸世界有关。英文沙文主义者或许并不了解这一点。

六、流行歌曲成为经典是有可能的，但还必须具备两个条件：除了旋律要动听，歌词也得优美。"我爱你，就像老鼠爱大米"，"你是我胸口永远的痛"……像这类歌词的流行曲，有可能成为经典吗？对大米来说，老鼠是最可怕的东西，而胸口疼痛岂不是让对方联想到晚期肺癌、心脏病？

七、转贴评韩寒的文章，是因为我觉得：神州地大人多，奇人怪事也多。绿豆可炒,黄豆、红豆、青豆、白豆、黑豆、胡豆、土豆,无一不可炒,而且都可炒得芳香扑鼻、清脆可口,虽然它们的颜色各异,味道不同!这转帖是篇杂文,属于文学作品,不须引经据典,且仅"供参考"也。真金不怕熔炉火,那小弟是真金还是镀金,经过熔炉火一铐,不就显露出来了吗?还是拭目以待吧!时间将说明一切。

八、俗语说:三十年河东,三十年河西。改用史学术语来说,就是世界经济文化重心,总是不断改变、转移。在文艺复兴之前的中世纪,世界经济文化重心是在中国与阿拉伯世界;而在地理大发现之前,欧洲经济文化重心是在意大利北部,之后却转移到大西洋沿岸。工业革命后的十九世纪,英国伦敦成为世界的金融中心,但经过两次世界大战后,美国崛起而逐渐取代英国的金融中心地位。这些历史事实,说明了"全球金融重心向东方转移"的论断是正确可信的。

九、二十多年前,有人信口开河:"父母受高等教育,其子女都很聪明。"当时我也在场,不禁笑出声来,因为联想到"龙生龙,凤生凤,老鼠生子打墙洞"。于是不久便出现了这类儿童入学优先政策,幸亏因遭强烈反对而在数年后取消了。这又是闻屁精作怪的、"只可内扬"的家丑一桩!

(2011年9月23日)

物不得其平则鸣

韩愈是唐代著名的文学家、哲学家,苏东坡称赞他"文起八代之衰,道济古今之溺"。韩愈在《送孟东野序》里提出一个精辟的哲学命题:"大凡物不得其平则鸣",[①]从而创造了"不平则鸣"这一句大家所熟悉的常用成语。

文章开头指出,物体受到外力作用而发出声响。它写道:"大凡物不得其平则鸣:草木之无声,风挠之鸣;水之无声,风荡之鸣。"(语译:"一般说来,各种物体处在不平衡状态,就会发出声音:草木本来没有声音,风摇动它就发出声响;水本来没有声音,风震荡它就发出声响。")

然后作者韩愈进一步阐述外力作用的细节:"其跃也,或激之;其趋也,或梗之;其沸也,或炙之。金石之无声,或击之鸣。"

---

① 在此,"物"是广义的,"人"也包含在内。

(语译:"水珠腾跃,或是有东西激发水势;水流湍急,或是有东西阻遏水道;水花沸腾,或是有火在烧煮它。金石乐器(按:指钟、磬等)本来没有声音,有人敲击它就发出音响。")

显然,论述自然现象或物理现象,并非文章主旨之所在;这只不过是一种写作手法,借此导入文章主题,并增添文章内容的哲理性、形象性、可读性。因此,接着作者笔锋一转,即刻转入议论社会人事、人类心灵,强调人们遇到不平之事,也同样会发出各种鸣声:

"人之于言也亦然,有不得已者而后言。其歌也有思,其哭也有怀,凡出乎口而为声者,其皆有弗平者乎!"(语译:人的语言也是如此,往往到了不得不说的时候才发言。人们唱歌是为了寄托情思,人们哭泣是因为有所伤怀,凡是从口中发出而成为声音的,大概都有其不能平静的原因吧!)

"不平则鸣"既然是一种常见的心理现象或社会现象,只要社会仍存在"不平","鸣声"就自然而然产生,无法避免,更无可厚非。换言之,要让人们"不鸣",社会和谐安宁,治人者就非得在"平"字下足功夫不可,想方设法将"不平"转变为"平"。[①] 如果治人者缺乏这点意识或理念,而迷信杀鸡儆猴,就能使得人们噤若寒蝉,消除"不平之鸣",那么,恕笔者直言不讳:人们对他们的智

---

① 《论语》:"不患寡而患不均。"

221

商情商，对他们的当权能力，怎能不质疑乃至睥睨？

平心而论，只要"鸣声"源自"不平"，于情于理，争鸣者或击鼓申冤者何罪之有？因为"鸣声"乃外力作用（外在因素）使然，即便是一种"噪音"或"过失"，主要责任仍在于制造"不平"之始作俑者，他们也该受到惩罚！

（2012年12月19日）

"一只鸡、一只鸭"

中国素来以农立国,地大人多,加上山川阻隔,方言自然也忒多。要是没有普通话,南方人和北方人根本没法沟通交流。用咱们海南家乡话来说,就是"一只鸡、一只鸭"(zia jia goi, zia jia ak)。鸡鸭虽同属于家禽,但鸡言与鸭语千差万别,似乎没有近似的语言频率。因此,当鸡和鸭打交道时,误会难免,笑话百出,不知可否编成"相声小品"供演出?

话说大陆解放初期,大批北方干部南下广州,协助接管政府工作。某日,一名来自山东的年轻干部,推着自行车,走到街边老人跟前,问道:"老大爷,请问您自行车该放在哪儿?"对方用广府话回答:"hai ni dou.""岂有此理!……"那干部听了很纳闷,甚至有点恼火。为什么?因为他把 hai ni dou 听成"海南岛",觉得老大爷故意戏弄、为难他,叫他把车子骑到海南岛去停放,更何况海南当时未解放,还在蒋军手里呢!

事实上，何止华南华北存在南腔北调问题。即便在同一省内，各地区的方言也差异极大。如福建省内，闽南人未必听懂、会讲闽北话，而广东省内的广府话、潮州话、客家话、海南话（1988年前，海南隶属广东省），也都属于"一只鸡、一只鸭"，彼此只能"鸡同鸭讲"（广东俗语）。

相传很久很久以前，在牛车水小巷里，不知何故，两个中年男子发生争执，吵了起来。公说公理，婆说婆理，双方语言不通，始终纠缠不清。过了好一阵子，那个广府人觉得很没意思，就自动让步走开了。不料这个潮州人呀，却觉得自己还没把话说完，心有委屈、不甘。于是一面招手，一面高声喊："ah hia, ah hia, lie deng lai, gua ga lie da!"走了十几步之遥的广府人，听到对方喊"da 打"，怒火油然上升，大步返回身来，口中念念有词："hei yao ci lei! ngo dou zaohoi zo, lei zongyou da ngo?"接着，不用说，便先下手为强，狠狠打了对方一拳，两人就这样莫名其妙打起架来了。

听了这两则老掉牙的笑话，如果您"无动于衷"，觉得不好笑，那是因为您不懂鸡言、鸭语，我对您也成了"鸡同鸭讲"。这两则笑话，曾对学生讲过，反应很不一样：早期学生多懂方言，听了会笑；后期学生不懂方言，已不会笑。任何笑话，经过解释，就不好笑了。

（2012年1月15日）

打谷场拾穗之二

一、一般人多以为,"倾国佳人"、"倾国倾城"既然形容女人美艳非凡,都是褒义词。其实不然,这是寓贬于褒、褒中带贬的成语。此成语出自《汉书》:"北方有佳人,绝世而独立,一顾倾人城,再顾倾人国。"倾者,倒塌也,覆亡也,意谓美女回眸一笑,而令城墙倒塌、国家覆亡。这岂不就是"美女祸水说"的潜台词?

二、英国是西方议会民主的发源地,也是议会民主的典范,照理应该经济繁荣,社会和谐,但事实并非如此。曾经有"日不落"之称的大英帝国,如今日落西山,经济萎靡不振,社会矛盾日益尖锐。这是最近伦敦暴乱的根源。不知迷信"民主高于一切"、鼓吹"民主万能论"的网友,对英国现状作何辩解?

三、有人说:"一个受强势集团影响的选举结果,肯定就不会产生民主政府。"那么,请问:政党是不是强势集团?财阀是不是强势集团?美国民主党与共和党算不算是强势集团?美国人也只能在"可口可乐"与"百事可乐"两个强势集团之间作一选择,难道这不是客观存在的事实吗?

四、早在十九世纪中叶,马克思曾指出:资本主义社会最大缺点之一,就是周期性经济危机无可避免。如今,任何"打破危机循环"的建议、举措,恐怕都无济于事!西方发达国家的经济危机,也是先天性、结构性的,所以在其结构改变之前,周期性经济危机就无法避免。

五、任何"和平奖"的授予对象,应是那些反对帝国主义侵略战争、保卫世界和平的勇士们!苍蝇们只会嗡嗡乱叫,到处飞舞,传播疾病,它们的行为表现,与世界和平风马牛不相及,岂能亵渎和平奖?如果要表彰它们的"贡献"的话,惟有授予"马桶奖"或"抽水马桶奖"。

六、在专制、落后国家里,成千上万人无家可归,不足为奇;但在民主、富裕国家里,成千上万人同样无家可归,就难以理解了。因为神奇的一人一票,不是可以带来"民有、民治、民享"吗?当然啦,有人会说:民主富裕国家的无家可归者,还是比专制落后国家的有家可归者,幸福得多,因为同样可以享受无家可归的自由、无家可归的民主!

七、李敖是个自由主义、民主主义者,不妨听听他如何评论台湾民主。"民主这东西是一个圈套:给你们自由选择领导人的权利,但只给一堆混蛋给你选。你去选吧,你选白了头也只能选到一个混蛋！你可以把一个很大的混蛋赶下台,接着再把一个还没长大的混蛋选上去,而影响我们公共生活的问题依然一大堆！"——李敖台北市长竞选演说演说词

八、有人说："不喜欢一党独大,更不喜欢一国独大,独大就会带来顺我者昌甚至嚣张跋扈的霸权,是霸权就肯定有人有国会因此遭殃。"说得好啊！我本人同样"更不喜欢一国独大"。然而当今的问题是：对已存在的一国独大,为何有人视而不见？对已存在的一国独大所带来的"嚣张跋扈的霸权",为何有人大力支持？对已存在的一国独大所带来"顺我者昌、逆我者亡",为何有人拍手叫好？

九、我有过一些很优秀的台湾学生。他们从小就"勿忘在莒",相信"反共必坚,反攻必成"。其中一位(富商独生)女生曾对我说："老师,您知道吗？我奶奶一直期盼那一天,不然她死不瞑目。""解惑"既然是为师之道,我只好明确告诉她："如果你奶奶身体健壮,可以坐飞船上太空,但反攻大陆嘛是没指望的。别说她,她孙女的孙女也看不到这一天。"后来她到美国留学,过了两年,回学院看我,还告诉我：她同大陆留美学生相处特好,才相信了我的话。

(2011年9月29日)

教师排名早该废除

在过去,学校教育只有学生排名。后来据说名次有损青少年尊严,不符合教育心理,而逐渐减少乃至废除了。然而,取而代之的,居然是学校排名与教师排名。前者是公开性的,曾遭有识之士非议;后者却鲜为人知,似乎无人关注,局外人也无从置喙。这是咱们教育界内,令人惊讶又费解的怪事一桩。

实施了二十几年的学校排名,既然不久前悄然废除了,不就说明了其出现很草率,其存在毫无意义?教师排名依旧存在,虽然它与前者相比,更不可取,更加莫名其妙!

为什么我敢这么说?因为我曾是局内人,长期参与这项工作。

众所周知,任何排名都必须"可测量"(measurable),即必须建立在数字(figures)的基础之上,否则就不合理、不科学。学生在班上或全级的名次,是依据他们的学业成绩总平均分数,那么教师在常年机密报告里的名次,又是依据什么呢?就我所知,依据的是部门主任、副校长与校长对他们的评估、比较。

评估的领域有两大项,一是"个人潜能"(potential),另一是"工作表现"(performance)。尽管每大项都细化为若干小项,如人际关系、进取倾向、专业精神、教学能力等等,但无论如何,都属于人们主观性的设想、判断,都无法加以"量化"(quantify)或"数字化"。如果你想知道:张三为何排名第一,李四、王五为何名列第二、第三,而你我却屈居二三十名?恐怕谁也没法清楚地告诉你。这倒不是因为教师排名属于暗箱运作,需要保密,而是因为排名本身存在的不准确性、非科学性。

此外,为了让年轻教师早点升级,当上主任、校长,在评估"个人潜能"中,竟然采用"年龄与潜能成反比"这一标准,以致出现资深者的名次,往往不如资浅者的怪事。五十岁老教师,还不如三十岁新教师受到重用,所以资深者士气大受挫折,显然就是这一不合理评估制度所导致。

教师排名的弊端,当然不只这些。照理,学府是神圣的殿堂,教师是人类灵魂的工程师,但经过这么一折腾,你想"神圣"与"灵魂"还能存在吗?由于排名涉及花红、升迁,神圣殿堂出现吹牛拍马、勾心斗角,自然就难以避免了。即便是最正直的人,恐怕也得选择明哲保身,"埋头做事、弯腰做人",也要懂得"做人"比"做事"更重要!

总之,这一暗箱运作的排名制度很荒唐,早该连同学校排名,一块儿丢进历史博物馆啦!

(2013年5月11日)

文化造假

造假是当今世界的普遍现象,造假者则是社会畸形的胎儿。除了物品造假,还有文化造假,所以令人目眩眼花。对此,在我个人空间(博客)里,曾转贴胡胜华《韩寒是文化界的张悟本》,引起大家议论纷纷;我又先后创作《尽信书不如无书》《差之毫厘,谬之千里》《作伪与辨伪》等杂文,同样针砭各式各样的文化造假,揭穿文化骗子的造假行径。

物品的伪冒假劣,固然令人厌恶,或许避之则吉、毁之则安;而文化人制造假货伪品,沽名钓利,蒙骗读者听众,则其过不可宥,理应口诛笔伐!不知诸位以为然否?

在大陆红极一时的青年偶像韩寒,其文化造假的西洋镜,据说如今已被人完全戳破,指出好些文章出自其父之手。不妨听听司马平邦先生的讲述:

http://tv.m4.cn/2012-11/1191512.shtml

只有真金才不怕熔炉火,镀金经高温炉火一烤炼,金粉脱落,臭铜烂铁的原色就会显露无遗,或迟或早!

司马先生认为,对于当前盛行的文化造假,造假者本人固然负有主要的社会责任,而协同、助长文化造假者,如媒体(含网络)、出版商,也有不可推卸的社会责任。这点,我完全赞同。当人们热衷于市场炒作,无所不炒,必然使得文化造假之邪风,越吹越猛,难以遏止!

(2012年12月10日)

新马史书中所存在的"欧洲中心论"

在我当年学习与教课过程中,发现新马史书中存在若干问题,其中之一是受到欧洲中心论的支配。所谓"欧洲中心论"(Eurocentrism),简单地说,就是以欧洲为世界中心的历史观,它把欧美(国)以外的历史一概边缘化,连中国、印度等文明古国的历史也不能幸免,更遑论马来亚近代史了。在欧洲中心论的支配下,它早已沦为欧洲人(葡、荷、英)在马来半岛的活动史。

这种历史观的产生,当然是有原因的。其根源或时代背景为:自近代以来,文艺复兴、地理大发现、商业革命、工业革命、法国大革命等相继出现,使得欧洲资本主义经济发达,科学技术突飞猛进,逐渐成为世界文明中心。

我们研究、编撰新马史,必须彻底摆脱欧洲中心论的支配,因为它对新马史释放了不良影响,包括:西方人成为近代史的主角,东方人最多只能是配角,甚至没有角色可言;以西方人乃至殖民主义者观点看待马来亚民族主义运动,并且继承了殖民主义者的衣钵,很巧妙地为殖民主义统治涂脂抹粉,歌功颂德,乃至认贼作父,无疑成了殖民地余孽。[①] 此二者都非常不利于新马民族自尊心、自豪感的建构。

那么,新马史书应如何摆脱欧洲中心论的羁绊?我认为,我们首先必须重视历史(只有无知的政客,才把历史视为包袱),大力栽培本国的史学工作者,从事历史专题研究。其次,开放国家档案,并鼓励他们收集、汇编各种语文的历史资料,也是不可或缺的。第三,协助年长的历史见证人撰写个人回忆录,或口述个人的奋斗经历(即口述历史)。最后,也是最重要的,就是彻底批判新马史书中所存在的欧洲中心论,从亚洲民族主义的角度来看新马历史的演变,并将马来亚近代史还原为马来亚各族人民的历史。

近年来,亚洲崛起之势不可逆转,为我们摆脱欧洲中心论的羁绊,提供了非常有利的客观条件!

(2013年2月8日)

---

① 据报道,在中国各大中城市,20座大商场、酒店,是以"来福士"命名,真是匪夷所思。

时隐时现的可怕幽灵

二战结束已快七十年了,然而日本法西斯的幽灵,仍然不时在世间显现着、徘徊着,实在令人心寒!究竟是什么原因?是什么人在召唤、放纵这股经久不散的鬼魅幽灵?更令人费解、担忧!

作为二战受害者,不论是国家还是个人,我们是否还应存有痛苦的记忆?我们对此可怕的鬼魅幽灵,岂可麻木不仁,完全不当一回事?

我认为,东亚与东南亚各国人民,不仅应该对军国主义死灰复燃,保持高度警惕,更应该站出来要求各国政府,采取必要措施,反击、遏制日本法西斯的鬼魅幽灵!

我认为,凡是否认侵略战争者,凡是参拜靖国神社者,凡是鼓吹军国主义者,凡是对大屠杀、慰安妇胡说八道者,不管他们是什么人物、什么身份,一律列入"法西斯幽灵"名录,列入"不受欢迎者"黑名单。情况严重的,还应禁止入境、来访,中断原有的业务联系,进一步加以制裁、打击!唯有这样,才能制止日本军国主义死灰复燃。

当年(二战前),德日意法西斯日益猖獗,就是因为它们都很狡猾,高举反共反苏的大旗,获得英法美的青睐、姑息与怂恿,对其扩军备战视而不见,结果搬石头砸自己的脚,酿成了二战的惨祸!

如果我们患上历史失忆症或痴呆症,对日本法西斯幽灵时隐时现同样视而不见,就难免于重蹈二战历史的覆辙,亚洲乃至世界的持久和平与安宁,就很可能毁于一旦!

(2013 年 5 月 18 日)

扰人清梦的蛤蟆声

我家门口有个小小的水塘,东西宽、南北窄,面积不过十来平米,深度也仅半米左右。它原本并不显眼出色,但养了几尾美丽的锦鲤,种上了三几盆花木,再配上一个潺潺喷水的小鱼尾狮,倒还赏心悦目,成了我家花园里的一道景观。

常言道,有其利必有其弊:水塘引来了想吃天鹅肉的癞蛤蟆。每逢阴雨之夜,蛤蟆乱叫不停,噪音不断传开,确实扰人清梦,非但自己心烦,连左邻右舍,也常受到干扰。左邻的林先生多次提及这事儿,右舍的卓太太也不止一次抱怨说:"你们家的蛤蟆叫声可真大,害得我整晚没法睡好觉!"我觉得很不好意思,但又无可奈何,每次只能苦笑,不知如何回答。

"爷爷,蛤蟆为什么爱乱叫?它们这么小,为什么叫得这么大声?真吵死啦!"小孙子史韬几天前问道,显然他也讨厌蛤蟆声。叫声毕竟太难听、太嘈杂了,水塘的潺潺流水声,也给盖过去,想听也听不见啦!

"蛤蟆虽然很小,却有个很大很大的大嘴巴,所以很爱呱呱乱叫,而且声音特别大!"我实话实说,小韬也点点头,似乎明白了个中原因。不料这个爱发问的小东瓜,很不简单,突然问道:"那么它们呱呱叫,到底是为了什么嘛?爷爷。"

"蛤蟆很小,对吗?样子、颜色都很难看,对吗?如果不会呱呱乱叫,谁也不注意它们。它们爱叫,叫得很大声,就是为了让人家知道它们的存在。"

我的回答,也许不能让那小东瓜完全明白,但这可不是子虚乌有。因为除了水塘里的鱼儿,树枝上的鸟儿以外,我们一家老少、左邻右舍,甚至小区内的其他一些邻里,都知道了令人讨厌的蛤蟆常来我们家!

事实上,癞蛤蟆的"我叫故我在"(I make noise, so I exist),比起笛卡尔的"我思故我在"(I think, therefore I am),似乎更发人深思!

(2013年8月29日)

你对族谱知多少

中华民族是世界上最重视历史之民族。自古以来,便开始有史官编辑史书,单是正史,就有二十五部之多。其内容之浩瀚,实令人叹为观止。大学问家梁启超曾感叹道:"一部二十四史,不知从何读起。少年习之,白首不能阐。"其实,除了正史外,还有方志与谱牒。于是国有"史",州、府、县有"志"(即"方志"),家与族均有"谱",就能成为中华传统文化之一大特色。谱牒既是一家一族之历史,对于子孙后代之寻根追源,必定大有帮助。

尽管我手上有本家谱,是先父的手抄本,但我对族谱的认知,十分有限。直到一九八二年,符氏社为了重印所珍藏的《符氏族谱》,特地邀请我主持纪念特刊之出版工作,才让我对族谱有了直观性的、具体的认识,并以编辑部之名撰写《符氏族谱简介》。

符氏社重印之《符氏族谱》,原是义阳堂编撰,由海南书局于一九三八年(民国廿七年)印行,如今仅存下唯一的一套,当然非常珍贵。全书凡一百零一卷(重印本缩小字粒,装订成十巨册,犹如丛书),所动用之人力资源,可说十分惊人。计有发起人一百八十名,撰修人员二十二名,监修(校对)人员二十三名,采访人员三百七十三名,记录人员十八名,财政、会计人员各两名,以及庶务一名,总共六百零三名。动用如此众多之人力,尚需费时五年余始完成,其编修工程之浩大,可想而知!

《符氏族谱》虽以世系图与实录为主,然其内容包罗万象,即尚有序文、族训、新定派序、题词、行传、寿言、墓铭、像赞、诗歌以及祠图、墓图等等。

序文共有六篇,其中包括著名文人欧阳修、杨万里等人之作品。族训乃由族人符元春所撰,凡二十则,均为做人处世之道,至今尚未失其社会意义,故特转载于《符氏族谱纪念特刊》,以与我宗亲共勉之。新定派序对于子孙后代之命名,乃是不可或缺者。题词均出自于近代与宋代名人之手,例如林森、孙科、邹鲁、于右任、苏洵等。在个人传记中,最值得一提的有:著名史家范晔之《符融传》,古文大家欧阳修之《符存审传》,《唐书》编者宋祁之《符令奇传》《符璘传》。从这些传记中,我们可知道,早在唐宋时代,我符氏族人,已有非凡之表现,今天乃至日后更有青出于蓝者,是理所当然的!

管中窥豹,可见一斑,从《符氏族谱》中,我们对族谱便有粗略的概念。

(2013年8月15日)

哪是翻译问题

最近有人在报章写篇短文《台历的'好'文字》,透露一件值得共赏的妙事:在一个本年度日历中,有十二则"孔子的话",除了其中三则,其余的华文内容都是莫名其妙,无法理解——也许除了在双语政策下成长的"新国人"。

这是在不久前的文物局网站丑闻之后,又一桩奇闻美事,同样也可申请列入吉尼斯名录乃至世界文化遗产。前者或者属于翻译问题,但这件趣事则不然,性质显然有点不同。我明确指出:简直就是不学无术!

对此,有网友不表赞同,说什么"先生当然学富五车才高八斗,但别人也有自己的特长专才,只能说翻译不是他们本行,没必要说什么不学无术吧。"

我用"不学无术"很过分吗?一点也不。首先请问:孔子语录原文是英文吗?当然不是;那么为什么需要从英文译成华文?

当然不需要；难道就为了奉行"英文至上，一切都要以英文为主或依据"？这才是问题症结之所在，是个不折不扣的反常心态问题！

我想这两位不学无术的"新国人"，根本不知道《论语》为何物，当然也不知道如何直接取得孔子语录。其实，只要有"学"就有"术"，只要有点文化修养，这事轻而易举，既不需要什么"翻译专长"，更不需要什么"才高八斗"。具体做法是：找本有白话译文的《论语》来，从中选取十二则名言，然后再找本英译《论语》，抄录相应的十二则名言。或者更简单一些，从汉英对照的《论语》书中摘录也行。这样不就大功告成，万无一失了？

孔子名言既然原本是华文，如果不直接使用，反而去找英文来翻译，这做法本身难道不够荒唐可笑？即便译文文句通顺流利，也不能完全复原、符合本义。

总之，这不是翻译问题，而是文化水平问题，是人们的心态问题，更是长期推行英文沙文主义的副产品！

(2014年2月27日)

两只猴子的故事

这是一则刚听来的小故事。

张三李四各养两只猴子。为了研究猴子的智商与情商,他们俩约定分别做了一个相同试验。结果如何?请拭目以待。首先,他们各把关猴子的两个笼子并排一起,让猴子们能清楚看到对方的一举一动。

第一天,他们先给每只猴子一个玻璃珠,然后教它们用玻璃珠交换苹果,它们很聪明,都一一照办了,而且都显得很高兴。

第二天,他们又给每只猴子一个玻璃珠,然后要甲猴用玻璃珠交换苹果,要乙猴用玻璃珠交换香蕉。四只猴子同样照做,似乎没有什么不妥。

第三天,他们再给每只猴子一个玻璃珠,然后要甲猴用玻璃珠交换一个苹果,要乙猴用玻璃珠交换半条小香蕉。甲猴们当然照做,乙猴们接过香蕉后,照吃不误,但显得有些失望、不满,都不愿把玻璃珠还给主人,看来问题已产生。

第四天,他们俩重复第三天的试验,结果令他们大吃一惊:乙猴们接过半条小香蕉后,随手扔在地上,然后还用玻璃珠掷向主人,可见它们很气煞了!

第五天,张三李四把要给乙猴的半条小香蕉,换成了香蕉皮,还不断在笼外摇晃。两只乙猴看在眼里、记在心头,所以它们索性转身背向主人,不再接受玻璃珠,更甭说香蕉皮啦!它们都不再顺从、不再听话,拒绝参与主人设计的试验。您若问:这算是什么行为?是"合法抗议"还是"非法罢工"?抱歉!请您去问问动物专家或法律专家;笔者不是专家,胸无成竹,无可奉告。

还有一点值得深度思考:那两只猴子是否也懂得要尊严、反歧视?

或者您倾向于赞同:"The two monkeys must be crazy!"

(2012 年 12 月 12 日)

夜郎心态的折射

在上海世博中,咱们展馆差劲,受到国人严厉批评,是理所当然的。因为咱们很富裕,位于"第一世界",岂能容忍世博展馆属于"第三世界"水平?

为何如此令人失望?展馆经费预算不足?"钱不够用"?照理应该不是。

那么,问题出在哪儿?我想最主要、最根本的问题,在于对迅速变化的中国认识不足,大大低估了观众的观赏水平。在一些人的眼里,咱们富裕人家贫穷,咱们先进人家落后,所以人家见识不广、观赏水平不高。满以为只要摆些花花草草、一部影片,加上几个歌星明星,即可蒙混过关,获得"好评如潮";当年,咱们的连续剧风靡神州大地,不就证明了这一点(观赏水平不高)?

低估观众的观赏水平,则源自夜郎心态。多少年来,媒体不断鼓吹咱们的"世界之最"或"世界第一"(详见拙帖《世界之最及其它》),吹得大家都飘飘欲仙,以致得意而忘形,当然也忘了天有多高、地有多大。既不知己,又不知彼,自大且自满,自上而下的夜郎心态即油然而生。

上海世博的主题"城市让生活更美好",似乎是为咱们这个城市国家而定,是最适合咱们谱写的作文题目。若非夜郎心态作祟,咱们完全有条件、有能力,谱写一篇契合题旨、富有创意、内容精彩的大文章!

(2010年6月18日)

国际形势对台海局势的冲击

网友两极大侠问：在强调"人权"、"民主"、"自由"的当代政治背景下，楼主如何看待国际形势对台海局势的冲击？

这是个大题、难题，非三言两语能道清楚。以下乃个人粗略的点式看法：

1）西方势力将继续以"人权"、"民主"、"自由"等幌子为武器，不断地和中国斗争较量，但其政治作用非常有限，无法阻止中国和平崛起。

2）随着社会经济文化的高速、稳健发展，中国的人权状况必然日益改进，人民的自由、民主权利与日俱增，西方人可利用的政治资本越来越少。

3）作为举足轻重的世界大国，中国将继续走自己的发展道路，在一世纪内或许永远不会采纳西方式议会民主。将来还可能发展出一套"中国式"民主体制。

4）影响台海局势有两大因素：一是包括台湾在内的中国因素（即内因），另一是以美日为主的国外因素（即外因）。依照辩证法，外因必须通过内因才能发挥其作用。这点认识非常重要。

5）在内因中，台海两岸力量对比继续发生变化，大陆日趋强大，台湾日显弱小；与此同时，两岸经济关系日益密切，台湾对大陆的依附性日益加强；"台独"分裂势力不得人心，日走下坡。

6）在外因中，美日综合实力因其周期性经济危机，而长期停滞不前或上升缓慢，它们和中国的力量对比也持续发生变化，所以利用台独分子来制造事端、扼制中国的机遇与能力，必将每况愈下。

7）按目前的发展速度，再过二三十年，中国将不但拥有空前强大的经济、政治、科技力量，而且拥有包括航母舰队在内的军事力量。这些都是维护台海持久和平稳定的最有力保障！

总之，西方不亮东方亮，当前的国际局势对中国非常有利，任何事端对台海局势的冲击相对不大（与上世纪比较），而且看来这一格局能够延续不断。

我也想听听其他网友的高见！

（2009年8月25日）

追思·感恩·落泪

2013年9月9日是个不平凡的日子。为纪念新加坡南洋大学创办人陈六使先生(1897—1972)逝世四十周年,近千南大校友在马来西亚怡保举行"陈六使追思会",老伴和我有幸也在其中。

这项由霹雳南大校友会主办的纪念活动,在怡保一座酒店举行,出席者多达九百余人(嘉宾和媒体人除外)。为了追思、感激母校创办人,许多年迈老校友,不畏路途遥远,从马来西亚各州,从新加坡、香港、加拿大等地,舟车劳顿来到怡保。他们当中,有持拐杖的,有坐轮椅的,有孩子搀扶的……此情此景,在世界教育史上有谁见过?怎不叫人感慨万千?

追思会开始了,全体肃立,默哀一分钟!过后,代表们列队上台献花,向六使先生遗像鞠躬致敬,场面异常隆重,气氛庄严肃穆。献花者包括:六使先生孙子陈锡远、马来西亚南大校友会会长缪进新、砂拉越、香港、加拿大多伦多与温哥华等各地南大校友会会长或代表,南大教育基金董事主席林源德、马来西亚董总代表、各华文教育与其他华社代表,多达二十余人。

接着,各地校友会长、代表们相继发表感言,追忆往事。饮水者不忘逝世四十年的掘井人,如此自然而真挚,你想:那是一种怎么样的情怀?

然后是放映影片环节,影片叙述南大创办经过,回顾同学们的文化活动,以及同学们在校园遭追捕的场景。观看过程中,许多人心潮起伏,热泪盈眶,连年轻的女司仪也不禁在台上啜泣,发言带着哽咽,使得全场氛围更加哀伤!

最后,组委会主席周增禧同学发言,他要求为六使先生平反昭雪,还给他一个历史公道!他说,"这是一件政治冤案,沉冤莫白已有半世纪"。他吁请南大校友们弘扬六使先生热爱母语教育的可贵精神,传承六使先生"富贵不淫、威武不屈"的高尚情操!

在这个世界上有两种人:一种人活着,但人们希望他早点死去;另一种人死了,但一直活在人们的心里,永远活在历史上。六使先生显然就是其中之一!

(2013年9月12日)

后记

这本杂文二集,汇集我近两三年的作品,都曾发表在新加坡的《随笔南洋网》(符懋濂个人空间)。基本上和杂文集《孔夫子南游夜郎国》一样,内容也很像"杂烩":从时事到历史,从政治到经济,从语言到文学,从歌曲到翻译,从个人到社会,或多或少,都成了打谷场上的拾穗。

对于杂文一集,至今为止,我所得到的读者反馈,都很正面,所以今年2月出了第二版(第一版是在2014年8年)。他们认为:此书内容丰富多样,见解独到,风趣幽默,可读性颇高。某读书会还拿它来导读,给我不小的鼓励、支持,也是我再出版《伪西方社会透视》的原因之一。

我深信,这本杂文二集也保留了一集的基本特色,应该不会让读者失望,至少能够从中获得一些文化、历史知识,或者刺激一下自己的敏感神经。正如网友所说,《雍正、康熙都杀不得》、《扰人清梦得蛤蟆声》、《书名与笔名》、《哪是翻译问题》等等,都相当有滋有味,值得当茶余饭后的开胃点心。

(2016年9月18日于新加坡凤凰园25号)

图书在版编目(CIP)数据

伪西方社会透视:杂文二集/符懋濂著.—上海:上海三联书店,2017.3
ISBN 978-7-5426-5772-5

Ⅰ.①伪… Ⅱ.①符… Ⅲ.①杂文集－中国－当代 Ⅳ.①I267.1

中国版本图书馆CIP数据核字(2016)第296470号

伪西方社会透视(杂文二集)

著　者／符懋濂

责任编辑／彭毅文
装帧设计／周伟伟
监　制／李　敏
责任校对／张大伟

出版发行／上海三联书店
　　　　　(201199)中国上海市都市路4855号2座10楼
邮购电话／021-22895557
印　刷／上海叶大印务发展有限公司

版　次／2017年3月第1版
印　次／2017年3月第1次印刷
开　本／890×1240　1/32
字　数／149千字
印　张／8.25
书　号／ISBN 978-7-5426-5772-5/I·1186
定　价／33.00元

敬启读者,如发现本书有印装质量问题,请与印刷厂联系 021-66019858